COLÓN
A los ojos de Beatriz

Colección Novela Histórica

COLÓN
A LOS OJOS DE BEATRIZ

Pedro Piqueras

Ediciones Martínez Roca

Diseño cubierta: Compañía de Diseño

Ilustración: Bajarano (Aisa)

Primera edición: mayo de 2000
Segunda edición: mayo de 2000
Tercera edición: junio de 2000

Ninguna parte de esta publicación, incluido el diseño
de la cubierta, puede ser reproducida, almacenada o transmitida
en manera alguna ni por ningún medio, ya sea eléctrico,
químico, mecánico, óptico, de grabación o de fotocopia,
sin permiso previo del editor.

© 2000, Pedro Piqueras
© 2000, Ediciones Martínez Roca, S. A.
Provença, 260, 08008 Barcelona
ISBN: 84-270-2536-X
Depósito legal: M-25.364-2000
Fotocomposición: Pacmer, S. A.
Impresión: Brosmac, S. L.
Encuadernación: Atanes Laínez, S. A.

Impreso en España – Printed in Spain

A Curro, mi hijo.

Índice

Agradecimientos 11

Prólogo 13

Córdoba 15

1. Un navegante entre nosotros 19

2. El común enemigo 30

3. Este gran tesoro que traigo es para vos 40

4. En manos de clérigos y sabios 50

5. Clavada en mi corazón 62

6. De cómo entré en la vida adulta 71

7. El recuerdo de aquel rey tan cruel 85

8. Nacimiento de Hernando 96

9. A las puertas del Paraíso 109

10. Un tormentoso camino 116

11. ¿Acaso no hay hombres en Castilla? 124

12. A levante por poniente 134

13. El regreso triunfal 143

14. Del engaño a la soledad 157

15. De cuando Hernando se dio a la vela 168

16. Un recuerdo en la agonía 181

17. De él pendiente, aun en la lejanía 192

18. Esperando un final 200

Adiós, Córdoba, adiós 213

Glosario 221

Agradecimientos

A Mabel Cabeza de Vaca, por su entusiasmo acerca de Beatriz Enríquez de Harana, por ayudarme en la lectura de algunos capítulos y por ofrecerme su biblioteca, tan útil para la documentación histórica inicial.

A Francisco Albertos, por sus recomendaciones bibliográficas acerca de tratamientos médicos en la Edad Media.

A Félix Bornstein, por examinar las referencias que hay en este libro sobre la historia judía de España contribuyendo al rigor de tales párrafos.

A Ricardo de la Cierva, por las conversaciones en Altea en torno al «protonauta» que tanto estimularon mi curiosidad acerca de Colón y su entorno.

A Raúl M. Mir, editor de la obra, por animarme a la escritura de las páginas que ahora, querido lector, tienes en tus manos.

A Nuevo Mester de Juglaría, por sus observaciones acerca del cancionero popular.

A Federico Tuya, mi buen amigo, por ser capaz de leer con afecto este Colón –y hasta con placer, según dice– a pesar de su «reticente aversión» hacia el género de la novela histórica.

A las obras, monografías y artículos de Juan Manzano y Manzano, José de la Torre y del Cerro, Salvador de Madariaga, Rodríguez Pinilla, Modesto Lafuente, Consuelo Varela, Jesús Sauret Valet, Margarita Cabrera, Luis López Álvarez, Yizhak Baer, Bjorn Landström, Jacques Attali, Franco Cardini y tantos otros que, junto a los escritos y documentos de Cristóbal y Hernando Colón, han sido fundamentales para situar y entender el período histórico en que se desarrolla el contenido de este volumen.

Prólogo

1492. Cristóbal Colón descubre tierras y hombres en su navegación hacia Poniente. La comunicación del hallazgo y las pruebas que ofrece a los reyes de Castilla y Aragón dan por terminado el misterio del Mar Tenebroso. Se desvanecen dudas sobre la forma esférica del planeta y empieza la aventura de explorar en profundidad lo que hasta entonces era Terra Incógnita.

El mundo es otro a partir de aquella aventura. La Historia registra la fecha del doce de octubre y reparte honores entre el genovés y los soberanos de las Españas que le apoyaron; pero a la vez esa misma Historia borra, aniquila los nombres de personajes secundarios sin los cuales –cabe suponer– los hechos podrían no haberse producido del modo en que lo hicieron. Es el caso de Beatriz Enríquez de Harana, posiblemente de origen judío y conversa, o hija ya de conversos, que conoce a Colón cuando éste se presenta en Córdoba ante la corte –entonces itinerante– de Isabel y Fernando.

A pesar de la marcha de los reyes a otros puntos donde la guerra precisa de su presencia, el navegante decide quedarse en Córdoba junto a Beatriz, con la que en 1488 tiene un hijo, Hernando. Esa ciudad se convierte en centro de las operaciones colombinas, en punto de referencia del descubridor que, sin embargo, multiplica viajes y esfuerzos para convencer a la corona de la viabilidad de su proyecto. Cuando advierte que falla el favor de los soberanos, vuelve a Córdoba en busca de consuelo y prefiere que sean sus hermanos –sobre todo Bartolomé– quienes ofrezcan el plan en otros reinos europeos.

Los honores, los beneficios y ocupaciones posteriores al descubrimiento apartan a Beatriz del pensamiento y del corazón del navegante. El hijo de ambos es llevado a la corte para ser educado, junto a infantes y descendientes de nobles, como hijo de virrey que es. La soledad y la pobreza persiguen a la que fue compañera del descubridor.

A modo de novela en primera persona, y con un respeto profundo por la Historia y los historiadores, las páginas que siguen son un intento de rescatar la memoria de alguien que vivió de cerca los avatares que rodearon, antes y después, a ese gran viaje a las Indias. Es el relato de una relación, de un encuentro amoroso que tal vez pesó más que otras muchas cuestiones para que el Descubrimiento fuera patrocinado por Isabel y Fernando y no por otros monarcas. Y eso es, según creo, algo más que una simple posibilidad.

Las Rozas, Madrid, 21 de marzo de 2000

Córdoba

SANCTA MARÍA, MATER DEI,
ORA PRO NOBIS PECCATÓRIBUS,
NUNC ET IN HORA MORTIS NOSTRAE.
AMÉN.

Son las seis de la tarde. El confesor se retrasa. Siempre tardan aquellos a quienes se necesita con urgencia. Por la ventana entran los últimos rayos de sol, y espero. Estas cuatro paredes tan blancas, tan desnudas, van a ser mi última morada. No me alarma la muerte. No me impresiona ni me atemoriza. No sufro al suponer que apenas tengo por delante unos días, quién sabe si unas horas. Presiento la agonía tan cercana y sin embargo ahora ya tan amiga... Es tiempo de confesar los pecados, de mirar atrás sin resquemor, sin odio. Bendita sea la memoria que nos permite entornar los ojos y eliminar contornos oscuros del pasado. Benditos sean también aquellos recuerdos amables, esas imágenes rescatadas de tanta inmundicia como tuve que sufrir, de tantas soledades.

Siento la respiración entrecortada. Por momentos me asalta el miedo y tantas veces como llega se desvanece en medio de una nube de luz, de silencio y tranquilidad. Quiero depositar mi alma en las manos de Dios y que Él decida cuándo y cómo ha de ser mi final.

Ana, la vieja niñera que tanto y tanto me ayudó, sufre por mí. Pobre. No sabe cuánto deseo dejar esta tierra de intrigas. Hay quien llega al mundo y tiene una vida plena de dicha. Yo vine para llorar, para estar sola... Pero no quiero pensar en ello, no. Quiero retener otros momentos; aquellos que merecieron la pena, aquellos que recreados, vestidos y adornados hacen del pasado un tiempo feliz.

Intento hacer recuento de mi actos, de mi paso por este mundo, mientras escucho los siseos de la estancia contigua. Las vecinas llegan y preguntan en voz baja. Parece que jugaran a adivinar el tiempo de vida que me resta. Hablan de preparativos, de misas cantadas. No saben que mi silencio es consciente y que mi oído, aun en estas horas, es tan fino como siempre o más. No importa. Sé cuál es mi destino aunque, como en un juego morboso, finja que me alejo de la frontera del Paraíso.

Parece que mis manos y mis pies dejaran de obedecerme; como si de otro fueran. Noto sin embargo, a golpes, el fluir de la sangre por las venas en busca de una salida. Mi corazón se estira, se hace pequeño o se retuerce. El aire llega a mis pulmones con dificultad, como si un batallón de diminutos guerreros bloqueara la entrada a mi garganta...

Nada he sabido del correo que envié a mi Hernando, tan lejos siempre de mí. He vivido en soledad y temo que moriré sola también, con el recuerdo de Cristóbal y sin que nuestro hijo pueda llegar a tiempo de acoger mi mano entre las suyas; sin escuchar de sus labios unas dulces palabras de afecto para poder viajar más sosegada al infinito. Dios sabe bien que amé a su padre, que supe tanto de sus venturas como de sus desventuras y que siempre sufrí y viví para él aunque, las más de las veces, nuestros cuerpos estuvieran apartados el uno del otro.

Muero con dolores intensos y con toses que ya no se aplacan con las pócimas que los físicos me hacen tomar. Qué mala muerte sucede a tan complicada vida. Siempre estuve cerca de la gloria mundana como quien observa la danza tras unas cortinas. En silencio, con temor a que uno solo de mis latidos pudiera ser escuchado, con miedo a ser descubierta. He sido la mujer, que no esposa, de un hombre grande, tenaz, ambicioso, bondadoso, cruel, esquivo y cariñoso a veces. Le di un hijo y compaña, cuando no sosiego y ánimos. Le di caricias y desvelos y me sentí de sobra pagada con una mirada, con una sonrisa, con un gesto. Fui prudente como un cuerpo etéreo al que se llama y viene, al que se despide y va. Estuve cuando fui deseada y desaparecí cuando así él lo quiso. No pudo pedir más el navegante.

Hoy, en esta hora difícil, habría querido tenerlo conmigo para decirle cuán grande fue el amor que le tuve, para sentir el calor de sus manos y para que sus dedos fueran los últimos en cerrar los velos de mis ojos. Estos ojos que tanto han visto, que tanto saben de secretos, de temores y de traiciones. Estos ojos que sin ver, vieron. Ojos que sintieron, lloraron, rieron... Ojos vivos a punto de morir, de secarse para siempre. En esta hora quisiera notar el tacto suave de sus yemas ligeramente apoyadas en mi cara y, por fin, en mis párpados. Quizá en este viaje último encuentre, al otro lado del abismo, su rostro frente al mío. Si así ocurriera daría por buena mi atormentada vida. Sería la pequeña, la minúscula victoria de quien fue la gran derrotada en una historia de triunfos.

Escucho nítidamente el revuelo en la calle, el pasar de una bestia y una campana. Voces de unos y otros. Llega la hora. Fray Antonio entra. No ha tenido que llamar a la puerta. Tiempo ha que mis buenas vecinas esperaban su visita y ya inicia el camino despacio, arrastrando sus sandalias mientras bendice en lengua latina todos los rincones de la casa. Abre la puerta y respira. Se acerca a la cama y me mira sin detener su rezo. Yo también le miro suavemente. Con un leve aunque pesado movimiento le agradezco el viaje. Entorno estos mis ojos y pienso.

1

Un navegante entre nosotros

> «EN QUINCE DÍAS DEL MES DE ABRIL, AÑO DEL NACIMIENTO DE NUESTRO REDENTOR DE MIL CUATROCIENTOS OCHENTA Y CINCO, SACÓ EL ÍNCLITO Y FAMOSO REY DON FERNANDO SU HUESTE MUY GRANDE, E MUY MARAVILLOSA, E MUY FERMOSA DE CASTILLA PARA IR A FACER GUERRA A LOS MOROS.»
>
> BERNÁLDEZ, EL CURA DE LOS PALACIOS

En aquellos días, el disimulo era forma habitual de mostrarse ante la vida. Aparentar ante los otros era costumbre. Eran tiempos de ver primero, observar con detenimiento y reaccionar –por último– con toda cautela también. En cambio, entre muchos cristianos viejos sí había un cierto entusiasmo. Una exaltación creciente, casi imparable. Una alegría que estallaba como pólvora en culebrina cuanto más se estrechaba el cerco a Boabdil. La conquista de Granada era el afán de don Fernando y doña Isabel, pero también de muchos nobles que meses, o años antes, anduvieron enfrentados. El de Villena y los de Tendilla, el de Cabra y el de Cádiz; todos se hermanaban ahora en la lucha contra el moro. En tales circunstancias, en medio de tanta fogosidad castellana, era mejor participar de la esperanza en la victoria y ocultar –en lo posible– diferencias que tal vez pudieran ser materia de enojo. Castilla y Aragón parecían ser una misma cosa, y no estaba de más aplaudir y apoyar el nacimiento de un estado cuyas fronteras llegaban ahora hasta los confines de los mares.

Por entonces mi hermano Pedro había formado familia mientras yo seguía bajo la curatela de un tío lejano, Rodrigo Enríquez de Harana, viudo de la tía Constanza y casado en segundas nupcias con una bella mujer llamada Lucía. El tío Rodrigo se empeñó en darnos sustento y formación más allá de la pobre herencia dejada por nuestros progenitores, Pedro de Torquemada y Ana Núñez, muertos siendo nosotros aún niños. La ausencia de mi hermano hizo que me encontrara un poco más sola.

Apenas me quedan recuerdos de la infancia salvo el de mi buen padre, azada en mano, trabajando la huerta junto a nuestra casa en Santa María de Trassierra; o cuando le veía venir de Córdoba andando y tirando de la mula, con las alforjas cargadas de herramientas o alimentos que había recibido a cambio de sus lechugas, habas verdes y alcachofas. De mi señora madre retengo todavía una imagen difusa cosiendo en la ventana, haciendo remiendos a calzones o reforzando sandalias; o bien acalorada y sudorosa cocinando en la lumbre. Pocos recuerdos de pequeña huérfana que con el paso de los años amé recrear, agrandar e inventar incluso ante mis amigas, a sabiendas de que, más allá de lo expuesto, cualquier evocación era cuento falaz. Supe, porque así me lo contaron otros, que mis padres eran buenas personas y honrados trabajadores en aquella pequeña aldea tan cercana a la ciudad. La muerte quiso llevárselos demasiado pronto y siempre sentí su falta.

En aquellos tiempos de ocultación y tapujo, quiso nuestro tutor que tomáramos su apellido y dejáramos en distracción el que traíamos de cuna y que tan mala fama adquiría, entre judíos y conversos, por las decisiones terribles de aquel otro Torquemada, don Tomás, Gran Inquisidor de Castilla. De esta manera, llamada para todos Beatriz Enríquez de Harana, con belleza, gracia e instrucción llegué a los diecinueve años, edad en que apareció por mi vida el navegante.

La primera noticia que de él tuve me fue dada por Diego, mi primo. Ambos se habían encontrado en varias ocasiones en torno a las tertulias de Leonardo Esbarroya, genovés como decía ser el navegante y propietario de una botica a mitad de camino entre las collaciones de Santo Domingo y San Andrés, muy cerca de la Puerta del Hierro. Había llegado hasta los Esbarroya por recomendación de Juanoto Berardi, un banquero de origen florentino que confió desde un principio en sus planes de aventuras y descubrimientos. Una carta manuscrita del financiero fue suficiente para que las puertas de los italianos residentes en Córdoba se le abrieran de par en par. A partir de aquellas reuniones de sabios locales y aspirantes a eruditos, fue intimando con otras personas de cierto peso en la ciudad. Entre ellos, médicos y comerciantes, judíos, conversos o castellanos cristianos viejos. En fin, gentes como los Pisa, los Spíndola, los Pinelo, los Díaz de Torreblanca, o los Fernández de Valenzuela con quienes tanto trato había de tener en el futuro y que, en aquel momento, formaban parte de las familias más destacadas de una ciudad a la que el destino había querido tener por adelantada en la conquista del reino granadino de Abú Abdallah, entre nosotros Boabdil el Chico.

Mi primo Diego sentía por el navegante una admiración creciente y raro era el día en que, a la hora de la cena, no hablara con entusiasmo de las historias contadas en la rebotica de Esbarroya o en cualquier otro lugar. Mi tío le pedía prudencia con aquellos chismes si no quería vérselas con el Santo Oficio.

–Querido hijo... Está bien que hables en casa de historias alegres, divertidas y hasta disparatadas. Con lo que dice el tal Colón, nos haces más grata la cena. Pero no sé qué puedan pensar en la Torre de la Inquisición si alguien les va con el cuento de tus ideas sobre la redondez de la tierra, o con esa insensatez de las sirenas que encantan a los marinos cuando pretenden arribar a tierras... ¿Cómo dices...? ¿Ignotas?

–Padre, lo que dice el genovés puede ser cierto –respondía Diego–. Si la Tierra es redonda, como él afirma y como yo mismo creo, no es tontería pensar que al otro lado de donde estamos haya lugares donde vivan personas como nosotros, aunque sean, en su físico parecer, de raza diferente. Y nada hay de extraño en que, si el mundo tiene forma de esfera como suponemos, pueda ser alcanzada la costa oriental de las Indias viajando en línea recta desde Lisboa. Por ejemplo.

–¡Basta ya! Te lo advierto. Te estás volviendo loco con esos relatos. Tendré que prohibirte que veas al navegante y a tantos necios como le rodean.

Las discusiones sobre Cristóbal Colón y sus aventuras terminaban con enfrentamientos, voces y la prohibición de volver a hablar de ello. Pero a veces, pasados unos días, era el tío Rodrigo quien abría la conversación y preguntaba por los proyectos de navegaciones, con lo que aquellas lucubraciones regresaban a la mesa como si fueran el alimento de nuestra imaginación y curiosidad. Tenía ganas de conocer al genovés. Le pedí a Diego que me permitiera acercarme a la tertulia, pero se negó rotundamente.

–Esos encuentros en la botica, Beatriz, no son para mujeres –decía.

Fue una mañana de marzo cuando encontré al navegante por vez primera. Le vi llegar de lejos, y aun sin conocerle, presentí que aquel hombre no podía ser otro que Colón. Montaba, en silla portuguesa, caballo árabe de largas y negras crines. Era hombre sagaz y con trazas de persona refinada por más que sus padres fueran, como después supe, humildes tejedores de la ciudad de Génova. Vestía ropas en tonos grana, verde y carmesí; atavíos de hombre adinerado pero viejos y gastados por el uso. Tenía treinta y cuatro años cumplidos, aunque el pelo, prematuramente cano, le hacía parecer dos lustros mayor. Me aparté de la puerta para franquearle el paso, bajó de su cabalgadura y se adentró en la botica de Esbarroya, quien no tuvo más remedio que invitarme a pasar el rato cerca de donde ellos estaban.

Apartada del círculo de los hombres, apoyada en un escaño, no le quité ojo de encima. Hizo reír a todos con sus chanzas sobre la corte lisboeta del rey Juan y contó historias de navegantes y aventuras de piratas entre el asombro y la admiración de quienes le hacían corro. También contó retazos de su vida, su matrimonio en Azores, la muerte de su esposa, Felipa Moniz de Perestrello, y el viaje hasta la Rábida con su hijo Diego, al que dejó bajo custodia de su cuñada Violante. Obvio es decir que puse en duda cuanto dijo. Solamente el paso de los años me hizo saber, por verdaderas, algunas de las cosas que allí narró.

Al principio vivió alojado en un convento. Después, harto de la vida entre frailes, pasó por dos fonduchos diferentes. Unos meses más tarde quiso la fortuna –y una petición de mi primo Diego– que yo mediara ante Isabel Cabezas, amiga mía, para que le diera acogimiento en una de las habitaciones de la fonda que su madre regentaba, a espaldas de la Mezquita.

Le acompañé a escondidas y antes de pasar dejó su animal al mozo de cuadras para que se hiciera cargo. Por todo equipaje traía una pequeña bolsa de cuero. Agarrado fuertemente portaba, además, un estuche de piel de carnero que guardaba, según supe más tarde, derrotas y cartas de marear. Al abrir la puerta, miró en derredor suyo y sonrió. Pasó los dedos por los pies de la cama e hizo una mueca de conformidad. Toda la estancia había sido limpiada meticulosamente y por la ventana entraba el dulce olor del azahar. También llegaba el rumor, a veces ruido intenso, de una calle festiva que se preparaba para las justas del día siguiente. Volvió a sonreír, pero esta vez mirándome fijamente a los ojos. En aquel mismo instante supe que ése era el inicio de una historia, la historia de mi vida: bella a veces y tortuosa las más.

Aún pasaron tres semanas antes de que volviera a tenerlo frente a mí. Fue con ocasión del torneo de bienvenida a la familia real. Córdoba, por entonces, era ciudad alegre. Sus fondas, casas y palacios hospedaban a nobles y lacayos, a caballeros y soldados. Era plaza fuerte. Los reyes habían determinado conquistar Málaga, para después cercar y asediar con más facilidad a los defensores de Granada. La campaña era doble: militar y diplomática. Los embajadores negociaban con los representantes del monarca nazarí, mientras las tropas afilaban lanzas y flechas, limpiaban pertrechos y preparaban las cargas y municiones de las piezas artilleras. El reino moro estaba protegido por un laberinto de cordilleras, vegas y castillos. Su caída del lado cristiano era todavía un sueño, pero los confiados jefes castellanos brindaban en las tabernas y en las calles por la derrota de los de Coín, los de Motril o los de Marbella. Y así pasaban las horas. Aun con guerra tan inmediata, Córdoba era como digo, poco más poco menos, una fiesta.

Aquel domingo de abril amaneció bullicioso. Misa mayor en las iglesias y mezquitas, convertidas muchas de éstas al culto de Jesus-Christo. Los carpinteros martilleaban, aseguraban las gradas y daban los últimos toques a los palcos donde a mediodía habían de situarse las infantas. En la fonda, se vistió el navegante y salió a la calleja. Y de allí, a la plaza donde pudo seguir de cerca el bullicio de quienes se aviaban para pelear. En los soportales, a la sombra, se ubicaban los capitanes de los nobles que entre risas se retaban para esas luchas incruentas, con lanzas de cortesía, que los mantenían activos y que tanto divirtieron a los cordobeses y a las cordobesas en aquellos días.

El navegante preguntaba sin cesar. A unos por los caballos del combate, a otros por las armas. Miraba con atención el trabajo de varios mozos que levantaban la divisoria para reducir el peligro del encuentro. Se interesaba por las vistosas gualdrapas de los caballos o por las pesadas y brillantes armaduras de los caballeros.

–Esto, vuecencia, es el gorjal. Es mejor prevenir que no curar el cuello de mi señor de una posible lanzada. Que aunque lanzas mochadas son, el Diablo anda listo por causar siempre algún mal.

Pasados unos minutos el griterío en la plaza fue subiendo de tono. Llegaron las infantas. Cristóbal, con un elaborado, elegante e increíble don de la oportunidad, acabó por sentarse en el banco situado inmediatamente debajo de ellas. Los tambores y trompas anunciaban el comienzo de la justa, mientras Isabel y Juana eran informadas de la mecánica del combate por el duque de Medina Sidonia que, sentado entre ambas, respondía a cuantas preguntas hacían las hijas de los reyes... Ellas, todavía niñas, eran, por esta vez, especiales damas de honor de los caballeros.

A un lado de la valla se situó Antonio de Figueroa y al otro Juan de Acosta. Protegidos en su armadura, saludaron al palco y a los presentes. Uno y otro comprobaron las cinchas de sus caballos, la firmeza de las sillas o el estado de sus armas... Con la ayuda de lacayos, se acomodaron sobre los animales y se ciñeron, casi a un tiempo, el casco. El de Figueroa se afirmó gorjal y mentonera, y lo propio hizo el de Acosta con su cubrenuca. Parecían seres de otros mundos; hombres sin rostro en yelmos relucientes cubiertos de plumas. En medio del alboroto, la mayor de las infantas, Isabel, mostró con su mano un pañuelo teñido de oro. Señal de atención, y se hizo el silencio. Los caballeros tomaron sus lanzas, se apuntaron mutuamente con fijeza... y esperaron a que la hija mayor de los reyes posara sobre el balconcillo el pañuelo que daba paso, de pronto, al combate. Así lo hizo, y al instante dos caballos al galope, dos caballeros en coraza se lanzaron a la lucha, el uno sobre el otro.

Al primer encuentro salió volando el brazal del de Acosta. No hubo herida, pero Antonio de Figueroa advirtió a lo lejos cuál era, en ese momento ya, el punto débil de su enemigo. En las siguientes embestidas golpeó ese lado una y otra vez. Lo hizo con saña entre el aplauso y el griterío de los asistentes. Repitió su ataque hasta que su rival de justa no tuvo más remedio que pedir, brazo derecho en alto, la rendición. Dolorido, fue retirado del campo, mientras el alborozo de los cordobeses premiaba al vencedor en este primer combate de torneo.

Pareció tener suficiente el genovés. Se volvió y sonrió a las infantas como queriendo grabar su rostro en las retinas de las niñas. Después, pidiendo permiso a sus vecinos de fila, descendió por la escalerilla y se mezcló con la muchedumbre. Desde la grada, enfrente de la suya, también bajé. No me fue difícil seguirle. Era más alto que la media de los hombres que en la calle había... Se paró en varios de los puestos que, con permiso de la iglesia, habían sido montados. De una bolsa sacó unas monedas y pagó por un pañuelo de seda. Aún hizo otras compras; entre ellas unas botas de piel que se cambió al momento mientras entregaba a cuenta, o para que fueran arregladas, las que traía puestas. De paso por una taberna pidió un vaso de vino. Me acerqué, y con la seguridad de no ser vista, intenté escuchar de qué hablaban; cosas del tiempo y de los muchos preparativos para la guerra. Apuró su ración y comenzó despacioso el regreso.

Como si jugara a las escondidas le seguí y atajé su camino por la judería... Antes de que él llegara a la fonda ya le esperaba yo. Nos encontramos y hablamos en el patio hasta que Isabel llamó la atención sobre la hora tan tardía y sobre lo mucho que los huéspedes y vecinos podían hablar de mis tratos con el extranjero. Agitada, me despedí mientras él dejaba en mi mano el pañuelo que horas antes le vi comprar...

–¿Nos veremos? –preguntó con interés.

–Nos veremos –le dije– si hacéis méritos para ello.

Sonreí levemente con la sensación, con la seguridad casi, de que éste no iba a ser, sin duda, el último de nuestros encuentros. Me ajusté el capuz, guardé el pañuelo junto al pecho y salí a la calle mientras aspiraba profundamente el olor que de noche dejaban los naranjos. El camino de vuelta se me hizo corto, muy corto.

Después de unos días volvimos a vernos. Nos buscábamos por las plazas o nos citábamos junto al río. Mi primo Diego se convirtió en mensajero nuestro y eso que, en aquel tiempo, admitió de mala gana aquella relación. Le pudieron más, sin embargo, el afecto y la admiración por Cristóbal y anduvo de correveidile nuestro por las calles cordobesas. Una vez, estando enfermo, no pudo el navegante acudir a una de nuestras citas y me pidió que fuese a la fonda con un preparado que debía recoger en la botica de Esbarroya. Así lo hice. Su padecer debía de ser menor pues no paró en requiebros, agasajos y caricias. Supo llevarme por el dulce y sinuoso camino del querer hasta que consiguió desatar mi cuerpo. Hizo que me entregara en el modo en que yacen los casados. Y así estuvimos largo tiempo.

Pasaron algunos días de aquello y lejos de arrepentimiento sentí un repetido deseo de llegarme hasta su lecho. Así lo hice una y otra vez. No necesité ya excusas de conciencia por mi parte, ni galanteos por la suya. Durante un tiempo aquella habitación fue mi otra morada; una estancia que solo abandonaba al llegar la noche con una extraña mezcla de pesar y satisfacción. Cuando Cristóbal pasaba sus largos períodos en Sevilla, o en cualquier otro lugar, Isabel me abría la puerta y allí me quedaba sola entre sus paredes soñando, elaborando en mi mente lo que podría ocurrir a su regreso.

2

El común enemigo

> «TAL PARECE QUE ESTE PROBLEMA ESTÁ AFECTANDO SOLAMENTE A LAS JUDERÍAS GRANDES Y MÁS GLORIOSAS DE SEFARAD. PERO CLARO, SI PASA ALGO GORDO ACABARÁ AFECTÁNDONOS A TODOS. LO QUE AHORA BUSCAN LOS CRISTIANOS ES QUE NOS PASEMOS A SU RELIGIÓN Y ACEPTEMOS SU DOCTRINA.»
>
> ÇAG BEN MALAJ
> VIDA COTIDIANA EN LA ESPAÑA MEDIEVAL

> «NOSOTROS, QUE HEMOS NACIDO JUDÍOS Y NO SOMOS PECADORES GENTILES, SABEMOS QUE EL HOMBRE NO ES JUSTIFICADO POR LAS OBRAS DE LA LEY SINO POR LA FE EN JESÚS, EL MESÍAS.»
>
> SAN PABLO, EPÍSTOLA A LOS GÁLATAS

Hacía mucho tiempo que no veía a Blanca. Siendo pequeñas fuimos grandes amigas y ya por entonces teníamos entre nosotras códigos secretos y la ventaja de saber leer y escribir, lo que nos hacía sentir en una categoría superior a otras niñas de la collación. Por aquellos días aún vivía mi abuela Leonor. Muerta ésta y con el traslado a la casa de mi tío Rodrigo dejamos de frecuentarnos, a pesar de que la distancia entre nuestros barrios cordobeses no era larga en demasía. Ahora hemos vuelto a vernos. Ha sido por casualidad en una de las callejas que conducen al lavadero del río. Por poco no la reconozco.

Ya es mujer, aunque no mucho más alta que cuando nos vimos por última vez, hace casi dos años. Vive con su familia en la misma casa que recorrimos en nuestros juegos. Con diecinueve años cumplidos no ha sido prometida a hombre alguno. Hemos hablado de ello y de la posibilidad, siempre terrible, de quedar solteras. No seríamos las primeras, pues las guerras hacen viudas y carnes de santidad y clausura. Hemos bromeado y jugado entre risas a imaginarnos hermanas de un convento.

—Mejor monjas que pobres solteronas mendigas –dijo Blanca.

Ni ella ni yo misma somos mujeres de soltería o de hábitos monjiles. Me contó que había tenido algún pretendiente –nada serio– entre los escasos judíos que aún viven en la aljama cordobesa. Su padre, sin embargo, no deseaba un matrimonio tal, por cuanto entiende que las cosas se han tornado inseguras para quienes son o fueron, como ellos, parte del pueblo de Israel. Y además, una unión de esa naturaleza pondría en duda la conversión de toda la familia, hace ya mucho tiempo, a la Iglesia de nuestro señor Jesus-Christo. Blanca teme, sin embargo, que tanta firmeza paterna aleje el tiempo de desposorios y se llegue a una edad tan madura que ni los cristianos más ancianos quieran compartir con ella pan y lecho. Entre bromas y veras hace evidente una cierta prisa por tener casa y marido.

–¡Aunque fuera viejo moro de la Ronda conquistada! Por cualquiera me dejaría tomar antes que las arrugas pueblen mi cara y los pellejos asomen a piernas y brazos.

Blanca lo decía con el humor y la gracia que ya tenía cuando niña y que siempre hacían reír a todos. Tanto tiempo estuvimos hablando y tanta confianza encontré en ella que le conté mi relación con el genovés. Le hablé de nuestros encuentros en la fonda, de cómo le adoraba y de cómo creía que él me amaba a mí. Fue como si el tiempo de la amistad siguiera tan fuerte como antes. Desde la emoción compartí con ella cuán íntima e intensa era la vida entre ambos y cuán fuerte el temor que tenía de perderlo a manos de otra, por tantos viajes como había de hacer en busca de apoyos para sus aventuras y descubrimientos.

–A veces –dije– una gran presión se agarra a mi pecho. Sobre todo cuando sumo semanas sin verle. En esos días llego a tener pesadillas tan fuertes que pesares reales de engaños parecen. Entonces me despierto violentamente con la sensación de haber sido capaz de matar a rivales que eran fantasmas de mi cabeza. Abatida, intento consolarme repitiendo que es hombre de buenos adentros y que las historias de traiciones son cosa mía por cuanto él me ama como asegura y como jura por el Mesías muerto en Cruz. Por momentos, tal relación se torna en desabor y pesadumbre. Y entonces él vuelve; reaparece con algún presente: un adorno, un anillo, un detalle cualquiera. Entre besos me lo entrega y ambos nos damos en amarnos con tal furia que en ocasiones, créeme, temo acabar con heridas.

Blanca me escuchaba con una sonrisa cercana a la carcajada y se alegraba de corazón de esa mi profunda felicidad.

Si hubo envidia en ella no fue aquella que hace a la gente tornadiza, cuando no llena de pensamientos negros y vengativos, sino la que bendice la alegría del otro.

–Cuánto celebro lo que me cuentas –dijo–. Y cuánto me gustaría tener una relación como esa que vives aunque coja o tuerta quedara por el modo en que acaricia.

Reímos con fuerza aquella salida jocosa y más aun por sentir la mirada curiosa y severa de quienes se cruzaban con nosotras.

–Y dices que es genovés...

–Sí. Viene de Génova y es quince años mayor que yo. Es viudo y tiene un hijo. Se llama Cristóbal Colón y dice que puede llegar a las Indias navegando hacia el oeste. A veces creo que está loco, rematadamente loco... Pero le amo. Blanca, le amo con toda la fuerza de que soy capaz.

En ese momento Blanca había dejado de mirarme con la paz con que lo hacía antes. Tenía asidas mis manos a las suyas, pero sentí que algún pensamiento oscuro se hacía hueco en su cabeza. Por vez primera tuve la sensación de que algo extraño había en su mente y temí que tanta felicidad por mi parte, tanto entusiasmo terminara por dañar, por ofender a una persona como ella.

–¿Qué te pasa, Blanca? ¿He dicho algo que agraviarte pudiera?

–No, Beatriz... No. No tiene nada que ver con eso... De verdad que me alegro de tu ventura. Simplemente ocurre que al escuchar el nombre del genovés he recordado algo. Me ha venido a la memoria una familia de apellido Colom o Colón, como tu hombre, como tu amante. Eran amigos de mi abuelo Isaac. Fueron perseguidos por la Inquisición en Valencia. Hace de esto algunos años. No recuerdo muy bien qué ocurrió, pero creo que fueron denunciados por algunos vecinos que entendieron que judaizaban, aun siendo conversos y habiendo afirmado públicamente ser devotos de la fe cristiana.

–¿Acaso fueron pasados por la hoguera?

–No lo sé. De verdad. Solo recuerdo que fueron interrogados. Quizá alguno muriera en el quemadero. No sé. Creo que todo ocurrió después de la muerte de la suegra de un hombre llamado Tomé que, según quienes acusaban, fue enterrada con ritos mosaicos. A partir de eso fueron detenidos todos los miembros de la familia o la mayoría de ellos. Pasado algún tiempo algunos decidieron viajar al norte y se instalaron en Tarragona o Barcelona, ya que desde allí enviaron carta a mi abuelo. Pero no sé nada más. Y tampoco creo que tenga mayor interés el asunto. Además, tu hombre es genovés... y Colones debe haber miles por todo el mundo.

–Sí. Pero como este Colón... ninguno. Te lo aseguro.

Lo dije sonriendo con un punto de picardía en la mirada. Blanca y yo volvimos a abrazarnos y a reír. Esta vez con más fuerza que antes. Hablamos de otras cuestiones. De su familia. De los vecinos y de las niñas de la collación. De Catalina; de Juana, la mayor de todas nosotras, ahora casada con un hombre al que apodan Bejarano; de las hermanas Elvira y Aldonza, muertas junto a sus padres como consecuencia del último brote de peste que tanto atormentó a Córdoba. Hablamos largo tiempo de aquellas personas que ahora se convertían en común memoria para nosotras. Aquellos recuerdos tomaban vida entre risas, decepciones, dolores y aspavientos. Habríamos pagado cualquier precio por volver en aquellos instantes al tiempo en que teníamos diez o doce años; o por ver, de nuevo, a las personas cuya mención había hecho tan vivo este encuentro. Ambas juramos que nos visitaríamos periódicamente y que nunca dejaríamos pasar tanto tiempo.

–Adiós, Beatriz. Ojalá tengas suerte con tu Colón, con tu extranjero. Te deseo toda la felicidad que seas capaz de hallar. Dios quiera que tu vida vaya según deseas. Contaré a mi familia que te he visto. Se alegrarán mucho.

–Adiós, Blanca...

Volví a casa despacio recordando aquello que Blanca y yo habíamos tratado y otras muchas cosas que un tiempo tan corto no había permitido evocar. Pero sobre todo fui pensando en aquello que me contó de los tales Colones valencianos, y pensé que si algo así era sabido en Córdoba no faltaría quien tratara de acusar a Cristóbal de converso judaizante y no parar hasta poner en peligro sus nacientes negocios en Castilla. Sentí algún temor por ello y me asaltó la memoria de la última misa en los dominicos.

Fue meses atrás. Nunca antes había escuchado tanto ataque contra judíos y conversos como los que el padre Antonio de Toledo lanzó contra ellos. Que si envenenaban los pozos en tiempos de pestilencia; que si eran malos médicos que solo curaban según el pago que recibieran; que si eran ricos por la usura que practicaban sobre los préstamos que hacían y que tanto condenaba nuestra Santa Madre Iglesia... Lo peor, sin embargo, no fueron los ataques de aquel cura lleno de ira, sino la forma en que sus palabras eran recibidas. Todos los presentes, entre nosotros muchos conversos, aplaudíamos; celebrábamos el hallazgo de haber encontrado en los reticentes hijos de David al enemigo común que hacía de los cristianos un cuerpo uniforme y preparado para la venganza. Yo misma, llena de un combativo espíritu de cristiana nueva, sentí aquel sermón como si de una llamada divina se tratara, como si el Altísimo nos reclamara a luchar contra aquellos que, según creíamos, eran, sin deseo de enmienda, los descendientes directos de quienes mataron al Mesías.

El padre Antonio hacía pausas en su homilía para preguntarnos en alta voz si los hijos malditos de Abraham tenían derecho a apropiarse de los bienes de los otros, a burlarse de la Iglesia de Christo y a vivir sobre la tierra de todos siendo herederos confesos del mayor crimen de la historia de la humanidad: el asesinato y crucifixión del mismísimo Hijo de Dios nuestro.

Aquella prédica encendió mi ánimo y el de otros muchos que conmigo escuchaban al dominico. Todos, y particularmente los conversos, sentíamos un odio profundo, una inquina de tal proporción que aún deja en mi alma briznas de rencor cuando con hebreos o judaizantes trato. Me ha ocurrido de vuelta a casa cuando rememoraba mi conversación con Blanca. Mientras caminaba, llegué a preguntarme si tal vez ella y sus familiares celebraban secretamente la fiesta del sábado o cualquier otro rito semita. No he podido evitar una mezcla de ira y pena; hasta he sentido miedo por si alguien podía interpretar de mala manera mi vieja amistad con ella. Sentimientos, en fin, que unas horas más tarde pude apartar de mi cabeza.

Lo he comentado con Cristóbal, ahora que por unos días ha venido a Córdoba aprovechando que los reyes han vuelto a sus guerrerías con los moros de Granada. Le he contado el sermón y los más cercanos temores que por él sentí y que nacieron en mí después de hablar con Blanca. El navegante dice que también le inquietan algunas cosas que están ocurriendo, pero me pide que no me ocupe en tales cuestiones, que nada ha de pasar porque él es cristiano. Cree que hebreos pudo haberlos entre los Colón de Génova como los hay en muchas familias castellanas y de otras naciones; como los hay en la estirpe de nuestra reina Isabel y en muchos de los Grandes del Reino. Como los hay en mi propia ascendencia. Insiste en que no debo dañarme con ese tipo de pensares...

–Hace un tiempo –dijo pausadamente–, cuando llegué a Castilla fui convenientemente informado de la persecución sufrida por personas de apellido Colom. No eran familiares míos, aunque es posible que en el origen todos fuéramos de un mismo tronco. Sé que fueron interrogados por la Inquisición. Trataban de saber si eran buenos conversos o si, aun habiendo recibido bautismo, eran traidores a la Iglesia de Christo y practicantes secretos de los ritos de Judá. Fueron investigados y molestados, pero no pasaron de ahí las cosas.

–Ahora es diferente –repuse–. La Inquisición ha actuado en Sevilla contra quienes, aun convertidos a la religión del Jesús, seguían practicando secretamente el culto de Israel. Ha habido autos de fe y muchos han sido llevados al fuego. No sé si sabes lo ocurrido en Guadalupe y en tantos otros sitios. También aquí, en Córdoba, hemos visto gentes que ardían en la hoguera. Todavía hoy recuerdo, como si fuera ahora mismo, el olor de carne humana abrasada en los quemaderos. Y... ¿Sabes? Yo misma he acudido a presenciar el sufrimiento de esos pobres. Y he disfrutado con ello. Y he sentido decepción, en cambio, cuando un condenado era redimido. Nada había que odiara más que ver reconciliados a aquellos que, según estimaba, debían expirar entre las llamas...

»Después de hablar con Blanca –continué– y de recordar el sermón de aquel cura siento miedo por ti y por mí. Todos en Córdoba parecen felices en ese estado permanente de purificación de la sangre. Se conquistan tierras a los nazaríes, se bautiza a los derrotados y se quema públicamente a quienes traicionan nuestra fe o, simplemente, a quienes, muchas veces sin pruebas, son acusados de judaizar en privado. No sé. No me gusta nada lo que está pasando porque siento que nadie está fuera de peligro, nadie está a salvo de ser señalado por otros para que el Santo Oficio actúe. Ni siquiera tú, Cristóbal...

Me miró seriamente y tomó mis manos entre las suyas. Me abrazó y acarició mis cabellos mientras me susurraba algo al oído.

–No temas y observa en silencio. Piensa que esta nación está mudando por dentro y que lo hace muy rápidamente. Piensa que lo que está ocurriendo aquí no es muy distinto a lo que sucede en Francia o en Inglaterra. Los cambios parecen duros. Bueno... son duros y también lo son sus consecuencias inmediatas. Toda Europa busca una pureza de sangre, de raza, de religión, y si me apuras, los rigores de la reina castellana son tenidos por suaves en París, Burdeos, Venecia o en Rotterdam, donde tan a gala tienen estar libres de judíos y musulmanes. En la Europa Central y del Norte consideran que portugueses y castellanos son inferiores por tal mezcla. Doña Isabel quiere purificar este país... Sobre todo porque el año mil quinientos está a un paso, y ya sabes que algunos místicos y agoreros piensan que esa fecha marcará los últimos días de este mundo.

–¿Tú crees que tal cosa pueda ocurrir?

–En absoluto. Ya sé que recorre Castilla la idea de que unos tales Gog y Magog romperán las murallas que los mantienen presos allá en el norte de Asia. Aseguran que son seres monstruosos que quieren acabar con la Tierra y con los humanos. Nada de eso ocurrirá. El año de mil quinientos pasará y el mundo seguirá existiendo. Y será más grande y más bello que ahora...Te lo aseguro. Por lo pronto, todo será más normal cuando los reyes, por fin, puedan tomar posesión de Granada y acabe tanta guerra como ahora tienen entre manos. Y en cualquier caso, no está de más actuar con toda prudencia.

Callé. No sé cómo serán las cosas más adelante, pero lo que veo ahora me da miedo. No me tranquiliza demasiado que el navegante me pida cautela. Creo entrever que algo malo y terrible puede suceder si no andamos con cuidado. Actuaré como me pide y como él mismo debe de estar haciendo. Supongo que también detesta lo que ocurre, aunque nada diga de ello por mantener firme el camino que para sí, y tal vez para mí, tiene trazado.

3

Este gran tesoro que traigo es para vos

VENIENT ANNIS
SECULA SERIS, QUIBUS OCEANUS.
VINCULA RERUM LAXET, ET INGENS
PATEAT TELLUS, TIPHISQUE NOVOS
DETEGAT ORBES, NEC SIT TERRIS
ULTIMA THULE.

CORO DE MEDEA

(EN AÑOS VENIDEROS, EN LOS PRÓXIMOS SIGLOS, EL OCÉANO AFLOJARÁ LAS LIGADURAS Y CADENAS DE LAS COSAS, Y SE DESCUBRIRÁ UN NUEVO MUNDO. Y OTRO COMO TIPHIS DESCUBRIRÁ UN NUEVO ORBE. Y NO SERÁ THULE LA ÚLTIMA DE LA TIERRA.)

TRADUCCIÓN LIBRE DE CRISTÓBAL COLÓN

«PENSANDO EN LO QUE YO ERA
ME CONFUNDÍA MI HUMILDAD.
PERO PENSANDO EN LO QUE YO LLEVABA,
ME SENTÍA IGUAL A LAS DOS CORONAS.»

CRISTÓBAL COLÓN

Aparece el navegante y desaparece. Reaparece y vuelve a partir. Su vivir, como su oficio, es un continuo viajar sin posarse en tierra firme; un permanente atracar en recónditos puertos, fondear en playas calmas y no atarse a otra posesión que la propia vida. Viaja o vive, qué más da, con el objetivo único de atraerse el favor de los poderosos para con esos proyectos suyos de aventura y descubrimientos. Obstinado hasta la impertinencia, no duda en perseguir a los poseedores de la llave que le pueda conducir hasta el mismísimo trono de los reyes.

Algunos de sus valedores han pasado a ser, además, amigos sinceros. Mi primo Diego dice que ése es el caso del fraile Marchena, amante en la Rábida de los astros y el mar. Ese hombre es quien ha servido de enlace para que el navegante obtenga el trato y favor de personajes ilustres e influyentes de la corte; e incluso para llegar ahora a los pies de nuestra reina doña Isabel y nuestro señor don Fernando. Hace algún tiempo pregunté a Cristóbal por aquel pobre y estudioso fraile, por sus conocimientos de física y astrología y por esa cerrada amistad entre ambos.

–Me ha sido de gran apoyo. Siempre –recalcó la palabra «siempre» como queriendo decir que el religioso le daba una protección casi espiritual–. Es la única persona –prosiguió– que conoce en profundidad cuáles son mis anhelos y cuáles las razones últimas que los amparan.

Quiso dar a esa explicación un especial tono de solemnidad. Miró hacia otro lado y dejó de hablar. Yo también callé y entendí que no debía pedir más detalles y que aquel fraile bien podía ser conocedor –tal vez en secreto de confesión, como más tarde algunos dijeron– de mapas misteriosos y derrotas que, por ahora, el navegante prefería no compartir con nadie más. Quise suponer que Cristóbal encontró en aquel pobre hombre, sin más ambición que la de su propia santidad, el cobijo y el aliento que precisaba para seguir adelante en sus complicados proyectos.

Precisamente han hablado del padre Antonio de Marchena quienes se reúnen en la botica de Esbarroya a la que he acudido, aunque con escasa frecuencia, para saber si aquellos contertulios tienen más noticias que yo misma sobre el navegante. Según decía el físico Sánchez, aquel fraile era persona renombrada entre las gentes del mar por ser entendido en cartas de navegación, y sobre todo por ser gran observador del movimiento y significado de los astros.

–Muchos marineros acuden a la Rábida para consultar con el cura sobre sus planes de viaje, si es que encuentran en ellos alguna dificultad –dijo el médico.

Aquella reunión de hombres entró en discusiones sobre la sabiduría del religioso, sobre cuestiones de álgebra y posiciones astrológicas que no llegué a entender en demasía. Solo mostré algún interés cuando el propio Leonardo Esbarroya habló de la influencia del padre Marchena en determinados nobles y altos dignatarios de la corte como Alonso de Quintanilla, contador mayor del reino, quien había tomado en gran consideración al navegante. Una amistad que ha venido creciendo hasta el punto de que ese hombre notable ha conseguido por fin una audiencia privada de Cristóbal con nuestros reyes. Con esa esperanza partió hace un mes hacia Alcalá de Henares. Sin embargo, no es ésta la primera ocasión que tiene de hablar con ellos. Ya tuvo oportunidad de verlos personalmente aquí, en Córdoba, pero solo durante unos minutos y en el curso de una audiencia pública al término de la cual temió ser tomado por loco.

Recuerdo que aquella mañana se había vestido calmoso. Sacó del arcón de la fonda una camisa de blanca seda que había guardado para una ocasión así. También de forma lenta se fue poniendo las calzas pardas y el jubón azul fuerte, que ajustó a su cintura con un cordón negro de lana. Tomó en su mano derecha un sombrero de terciopelo con plumas encarnadas y se encaminó a los baños de Santo Domingo, donde el barbero dejó sus mejillas como si de un niño fueran. Aseado y en aromas de lavanda, se encaminó al Alcázar de los reyes con la parsimonia que el navegante daba a las grandes ocasiones, y ésta, si exceptuamos entrevistas anteriores con el rey Juan en Lisboa, era una de ellas.

Se abrió paso entre plebeyos y gentilhombres hasta identificarse ante el alguacil de la puerta y recordar el motivo de su particular audiencia. El rostro inexpresivo del funcionario tornóse incrédulo cuando Cristóbal le habló de la navegación que pretendía proponer a nuestros reyes, pero extendió el permiso preceptivo. Ya en la puerta del trono, miró a uno y otro lado antes de penetrar en el gran salón que, a esa hora, el gentío casi abarrotaba.

Avisada por mi primo, yo misma acudí a esa audiencia cordobesa. Era una de las muchas que los reyes concedieron durante su estancia en nuestra ciudad. Algo que solían hacer en otros lugares por ser ésta una corte itinerante. Me situé entre el público que se amontonaba tras los soldados. La algarabía entre los presentes anunciaba la entrada de doña Isabel y don Fernando que, sonrientes, se aprestaban a escuchar las quejas o peticiones de aquellos sus súbditos cordobeses y según el orden previamente establecido. A la derecha de sus altezas se situó de pie el corregidor; al otro lado, el almojarife. Los demandantes habían de alinearse a una distancia prudencial frente a los soberanos y debían, en voz alta, revelar ante todos las razones de su presencia y aquello que esperaban obtener de la corona. Un macero vestido con túnica bordada en oro daba paso a quienes habían de hablar o suplicar ante nuestros reyes.

Precedieron a Cristóbal unos ganaderos enfrentados por cuestiones relacionadas con servidumbres de paso o con la distancia entre cercados. Cuando le llegó su turno, el navegante rompió el protocolo al mirar de frente y alternativamente a don Fernando y doña Isabel; algo que, afortunadamente, no tomaron en cuenta por ser extranjero. Se presentó como comerciante genovés pero honrado, se dijo, de servir de forma conveniente a los reyes de Aragón y Castilla.

–¿Qué os trae aquí? –preguntó don Fernando.

Cristóbal parecía tener perfectamente estudiada la situación. No era hombre dado a mortificarse con pensamientos vanos, pero sí perseverante, tozudo casi. Estoy segura de que antes de llegar ante los tronos de nuestros reyes pensó en todas las posibilidades que podían producirse. Y estoy segura también de que para todas ellas encontró respuesta y alternativa. Tenía que describir el problema creado por la escasez de mercancías procedentes de las Indias, para después ofrecer una solución que resultara convincente al auditorio, a los consejeros y a los reyes. En solo un instante, al pedirle el rey que hablara, debió de pasar por su mente el recuerdo de las cuestiones largamente tratadas con Marchena, el tiempo dedicado al análisis de la geografía, la historia, las nuevas artes para la navegación, las posiciones y los mensajes de las estrellas. En ese momento tan decisivo, con el palpitar duro y rápido de su corazón, respiró lenta y profundamente para tranquilizar el paso del aire por su garganta y poder convencer a los reyes y a sus cortesanos del proyecto tanto tiempo estudiado.

–Sabéis –dijo inclinando, ahora sí, su cuerpo y su cabeza–, estimados y honrados reyes nuestros, cuánto sufrimiento pasan los especieros y otros mercaderes que vienen de las Indias y que, en caravanas a través de los desiertos o en tierras llenas de peligros, hacen frente a la codicia de poderosos comerciantes locales y a las bandas de ladrones... Sabéis, soberanos nuestros, las dificultades crecientes que sufren mercancías como la pimienta, el jengibre, la canela, las telas y sedas de Oriente, el índigo o el añil, el oro y las piedras preciosas... para llegar a los mercados occidentales...

–Sabemos –intervino el rey– de esas dificultades y de cuánta sangre está costando a los comerciantes aragoneses, castellanos o florentinos. Sabemos de todo ello, pero no encontramos otra solución sino la de guerrear contra aquellos atacantes que ponen en tanto peligro a nuestras gentes, así como la llegada de tantos bienes como habéis dicho y más aún. Queda la posibilidad de buscar rutas, como hacen nuestros hermanos portugueses, a través de África, para evitar el continuo acoso de los otomanos o de los ladrones. Pero suponemos, la reina y yo mismo, que habéis venido ante la corte para ofrecernos alguna otra solución. Decid pues.

Hacía ya algún rato que los murmullos habían dejado paso al silencio. Pero ahora todos se aprestaban a escuchar con gran atención a aquel extranjero que, levemente postrado, se dirigía a los reyes... Recuperado el resuello, el navegante continuó:

—No vengo, soberanos de Castilla y Aragón, a exponer sola y únicamente la solución para procurar el paso de esas materias, ni para proveer medidas que permitan su abaratamiento en los mercados. Quiero ofreceros la posibilidad de descubrir para vos y para vuestros reinos coronados rutas inéditas y nuevos negocios y relaciones con los grandes reyes de Cypango y Cathay, tan dolidos por no poder vender sus mercancías como todos nosotros por no poder comprarlas.

—Pero ¿cuál es la solución? —preguntó la reina curiosa por saber, de una vez, lo que el navegante venía a contar.

—Señora, señor...

Poco a poco iba a conocer, al tiempo que otros hombres y mujeres de Córdoba, los negocios que el navegante traía entre manos. Estaba a punto de saber algunas de las cosas que nunca me atreví a preguntarle por temor a no encontrar respuesta o porque no era el caso interrogarle por asuntos en los que tan poco versada era.

Sentí su voz cada vez más tranquila. Más firme también. Hizo una pausa y prosiguió mientras miraba en torno a sí intentando atraer la atención y el apoyo de cuantos abarrotaban en tenso silencio aquella estancia.

—Señora, señor... —dijo—. La única solución que hay a tanto problema, a tanto ataque, a tanta falta de libertad en el comercio, es hacer el camino al revés...

Se rompió el silencio y toda la seguridad y firmeza anteriores se trocaron por debilidad y nervios en el genovés... Los murmullos fueron sucedidos por gritos de chanza. La atención previa dio paso a la incredulidad y a la sorpresa. Las risas y los insultos de algunos subieron de tono a tal punto que el confesor de la reina, fray Hernando de Talavera, el dominico Diego Deza y Alonso de Quintanilla hubieron de intervenir pidiendo calma a otros nobles y a los hombres y mujeres que, entre bromas, comentaban la última frase del navegante... Yo misma recriminé a quienes estaban cerca de mí para que dejaran de hablar y de mofarse. Los soldados tuvieron que expulsar de la sala a dos mujeres viejas, dos brujas malditas que no dejaron de insultar y lanzar todo tipo de palabras groseras y gritos de mal tono. Recuperado un cierto silencio, el rey pudo hablar de nuevo.

–«Hacer el camino al revés» –repitió don Fernando mientras la atención regresaba a la sala y el murmullo, ahora más leve, era acallado con los siseos de algunos.

–Aun a riesgo de ser tenido por incapaz, hereje o endemoniado –insistió Cristóbal– quisiera ser escuchado con la mayor atención.

Don Fernando puso el dedo índice de su mano derecha en los labios. Pidió silencio y respeto.

–Proseguid –dijo el rey.

–Gracias, señor. Hacer el camino al revés significa navegar hacia el Occidente. Siempre en línea recta hasta encontrar las tierras del Gran Khan donde se obtienen esmeraldas y rubíes, oro y plata. La aventura precisa del apoyo de la corona, una vez hecha comprobación por sabios a vuestro servicio de los estudios ya realizados por otros grandes investigadores de la geografía, la astrología y la matemática. El mundo, desde hace decenios, es diferente al que creíamos antes. Ya sabéis cuántos hombres de ciencia están de acuerdo en que la Tierra tiene forma de esfera y que al otro lado de Portugal, hacia el oeste, no solo hay mar y después el abismo, sino una tierra que ahora es Terra Incógnita... Es algo que nadie, con alguna ilustración, es capaz de discutir o negar. Puede ser, estoy seguro de ello, que en ese lugar hallemos los estados orientales de Cypango y Cathay... Una tierra, una ruta, en fin, que os propongo descubrir.

Las palabras de Cristóbal fueron recibidas de nuevo con el vocerío de muchos y las risas de unos cuantos. Algunos vi que se quedaron pensando y hablando de la posible existencia de esas tierras; otros más pedían silencio, como esperando alguna información complementaria del navegante... Pero eran los menos. Aquello se convirtió en un estrépito y poco se pudo hacer por apaciguar a los revoltosos. Los alguaciles, a una indicación del camarero del rey, Juan Cabrero, y del dominico Deza, fueron pidiendo calma o bien expulsando a los más díscolos de entre los asistentes. Luis de Santángel, aragonés converso, hombre de la confianza de los reyes, y según supe amigo reciente de Cristóbal, dio por perdido aquel tiempo y le acompañó hasta el exterior de la residencia regia.

–Creo –dijo el navegante en la puerta del Alcázar– que aquí se estrellaron mis ambiciones. Ha sido una estupidez plantear la aventura ante tanta y tan poco leída concurrencia. Los reyes pueden sentirse defraudados... Quizá esperaban más detalles, pero no podía ofrecerlos delante de toda esa chusma... Necesito explicarme en privado... Pero tal vez eso ya no pueda ocurrir. Les he decepcionado.

—Os equivocáis –dijo el consejero real–. Puedo aseguraros que don Fernando es amante de la navegación, la aventura y las exposiciones francas y directas como las que habéis hecho aquí con tanta valentía. No dudéis que, a la primera ocasión que tenga, el rey preguntará por vos y por vuestros planes. Aprovecharé ese momento para hablarle de todo ello con calor y con la prudencia necesaria, para que tales proyectos se hagan realidad cuanto antes. Alonso de Quintanilla nos apoyará con toda seguridad. Cuente también con él.

Cristóbal y Santángel se despidieron con un abrazo. A la vuelta, camino de la fonda, un dolor angustioso se clavó en forma de mueca en su rostro. Y así llegó hasta la puerta, donde yo le esperaba. Estaba pálido, hundido y tembloroso. Hablamos de lo sucedido. Al día siguiente supo Cristóbal por Santángel que don Fernando había pedido un ejemplar de la Geografía de Ptolomeo y otro de los viajes de Marco Polo que habían sido estampados en las imprentas de Valencia. Tal fue el interés que aquel encuentro había despertado en el monarca aragonés, nunca ajeno a cuantos avances se producían por cuenta de la navegación y de la observación de las estrellas que en el cielo hay.

Ése es el recuerdo de aquel primer encuentro. Ahora Cristóbal debe de estar en la ciudad de Alcalá de Henares donde la reina espera el alumbramiento de un nuevo hijo. Este viaje prueba cuánta razón tenía Santángel y cuánto apoyo le han dado algunos de los hombres más influyentes de nuestra corte. Noche y día espero que algún correo me confirme que la reina y el rey, nuestros señores, le han dado por fin su ayuda y su consideración.

4

En manos de clérigos y sabios

> «ERA ESTA REYNA DE MEDIANA ESTATURA, BIEN COMPUESTA EN LA PROPORCIÓN DE SUS MIEMBROS, MUY BLANCA É RUBIA, LOS OJOS ENTRE VERDES É AZULES, LA CARA MUY FERMOSA É ALEGRE. ERA CATÓLICA É DEVOTA, FACIA LIMOSNAS SECRETAS EN LUGARES DEBIDOS. ABORRECÍA EXTRAÑAMENTE SORTILEGIOS É ADIVINOS É TODAS PERSONAS DE SEMEJANTES ARTES É INVENCIONES.»
>
> HERNANDO DEL PULGAR

> «ESTE REY ERA HOME DE MEDIANA ESTATURA, BIEN PROPORCIONADO EN SUS MIEMBROS. LOS OJOS RIENTES. ERA DE BUEN ENTENDIMIENTO, É MUY TEMPLADO EN SU COMER É BEBER. DE SU NATURAL CONDICIÓN ERA INCLINADO A FAÇER JUSTICIA, É TAMBIÉN ERA PIADOSO. SUS RENTAS GASTABA EN LAS COSAS DE LA GUERRA Y ESTABA EN CONTINAS NECESIDADES. AMABA MUCHO A LA REYNA, SU MUGER, PERO DÁBASE A OTRAS MUGERES.»
>
> HERNANDO DEL PULGAR

Un año y cuatro meses estuve sin tener conmigo al navegante. Salió para ver a los reyes y solo supe de él por algún que otro correo que quiso enviarme. Siempre pensé que aquellas cartas eran pliegos de cortesía, escritos que tenían la intención de mantener el contacto y el recuerdo por si un día hubiera de regresar a esta tierra cordobesa y tener aquí el afecto y la compaña de siempre. Dios sabe que consiguió sus deseos por cuanto en este tan largo tiempo anduve esperándole. Vida hice de esposa fiel sin serlo. Ahora ha vuelto.

No ha sido un regreso alegre. No viene con triunfos en mano, ni siquiera con promesa firme por cuenta de la corona. Año y medio separado de mí y solo trae con él nuevas dilaciones de los reyes nuestros soberanos. Para colmo de males, esa vuelta a la ciudad fue de gran penar. Apenas podía bajar de la mula que le trajo. Tiritando y con escalofríos, se tiró de la bestia y cayó al barro en la misma puerta de la fonda. Desde el suelo, sucio y humillado, pidió auxilio a Isabel, mi amiga, y a su tía la posadera. Entre gemidos le oyeron pronunciar mi nombre y lo llevaron al interior de la casa.

Transcurrido un tiempo me llamaron a su lado. Quise buscar al físico Juan Sánchez pero no estaba en Córdoba. Así pues, llamé a Díaz de Torreblanca a quien mi primo Diego nombraba como uno de los asiduos tertulianos de la botica. Vino, examinó al enfermo y determinó que su padecer provenía del mal de la piedra y que ninguna otra razón veía para aquel tan profundo sufrimiento. Extendió una receta y me dio unos consejos con los que sanar su estado.

¡Qué mal lo pasó! Ha dado vueltas y vueltas sobre el lecho, quejándose de dolores en el costado. Entre sudores afirma que son muchos años padeciendo del riñón y que ahora el mal torna con más violencia. Por mi parte hice aquello que el físico me mandó. Le di de beber agua y las infusiones de hierbas que debían servir para expulsar por sus bajos el motivo de tanto sufrimiento. Le puse paños calentados al vapor de una olla con los que abrir el camino a las piedras, sin conseguir más que un aumento de la fiebre, que combatí con friegas de agua y vinagre.

Durante horas estuvo encogido, arrugado casi sobre sí con terribles tiritonas. Después se quedó tendido y dolorido, con la ropa de cama mordida, casi con ira, por sus dientes. Cuando ya parecía dormir, me fui a casa dejándole al cuidado de los posaderos.

Pasados unos días salió de aquellos dolores. Hoy, aprovechando que es domingo, he acudido a la fonda para invitarle a dar un paseo por la ribera del río. Estaba escribiendo en la pequeña mesa que han puesto en su habitación. Era una carta a su hijo Diego y a su cuñada Violante, con quien vive el pequeño y a la que tanto aprecia Cristóbal. Me ha pedido que espere un momento mientras termina su despedida, dibuja su firma y dobla la cuartilla. Todo lo hace con lentitud. Enciende la vela con que derretir el lacre, estampa su sello y deja los papeles sobre la cama. Salimos al exterior del edificio. Hace buena temperatura. El sol está casi al mediodía y las calles se llenan de gentes que acuden a misa de doce. Ninguno de los que pasan es conocido nuestro, lo cual me tranquiliza. Tomamos la dirección del río y, ya lejos de posibles curiosos, el navegante se atreve a tomarme del brazo mientras hace más pausado el caminar...

–He aprendido a vivir con esa enfermedad –dijo–. Sé cuándo esos dolores están a punto de llegar. Sé cómo prevenirlos y conozco varias recetas para combatirlos cuando llegan. Se trata de infusiones y otras fórmulas que sirven para trocear y moler las piedras, incluso para expulsarlas del cuerpo. Son muchos años sabiendo que convivo con ese mal y tal conocimiento lo hace más llevadero.

–Y cuando estás en la mar –le pregunté–, ¿no temes que llegue ese dolor y no tener con qué hacerle frente?

–Bueno, puedo llevar conmigo algunos remedios. Pero la verdad es que en la mar nunca me ha ocurrido nada parecido. Creo que sucede en tierra. Sobre todo cuando viajo en mula, como ahora, a la vuelta de ese peregrinar tras los reyes en tierras de Castilla. El trote del animal parece que ha movido mis órganos y las piedras que en ellos pudiera haber.

Hablaba de sus riñones enfermos como si de viejos amigos se tratara. Bromeaba con sus «piedresitas», como las llamaba, a las que agradecía –dijo– el sinfín de cuidados que por ellas de mí había recibido. Y así, entre risas y otros cuentos, fuimos caminando por las otras piedras con que había sido pavimentada la calle o sobre aquellas que –talladas hace siglos por los canteros– daban forma y fortaleza al viejo puente romano del Guadalquivir. En la ribera no había más de cuatro o cinco mujeres y algún chiquillo...

Al caer la tarde apresuramos un poco el paso, pero antes de llegar a la fonda paró en la fuente y tanta agua bebió que parecía querer secarla. Tomó asiento junto al pilón mientras enjugaba con un pañuelo sus labios. Entendí que deseaba seguir hablando y esperé lo que fuera a relatarme. Quiso contarme cómo habían ido sus negocios con los reyes nuestros señores y de qué manera transcurrieron todos estos meses en que tan alejado estuvo de mí por seguir a la corte.

–Deseaba regresar a Córdoba. Quería descansar. Estar en la ciudad. Contigo –dijo mientras esbozaba una leve sonrisa.

No era normal que el navegante tuviera palabras de afecto para conmigo. Por eso agradecí con un gesto el cariño que ahora quería mostrarme. Pero no dije nada. Preferí invitarle a que siguiera hablando.

–Beatriz. Ha sido mucho, demasiado tiempo fuera de esta ciudad. Demasiados días, demasiados meses lejos de ti, de los amigos que tan grata me hacen la vida. Casi un año y medio fuera de esta tierra. Horas y horas defendiendo mi proyecto ante los reyes y los expertos por ellos designados para estudiar y discutir mis planes. Primero en Alcalá. Ya sabes. Allí me recibieron el día veinte de enero del año pasado... ¿Te das cuenta del tiempo que ha transcurrido? Pensaba que tal vez no tendrías fuerzas para esperarme. Y eso abatía mi alma.

–Pues ya ves que estoy aquí, que te he esperado –respondí–. Pero no dejes de contármelo todo. Por favor, sigue –insistí.

–Los soberanos me pidieron que acudiera al palacio arzobispal al poco del alumbramiento de la infanta Catalina y cuando la reina aún recuperaba fuerzas. Allí les expliqué mi proyecto y les mostré cuantos documentos llevé conmigo y que prueban la cercanía por mar entre la costa occidental de Europa y la costa oriental de las Indias. Desde entonces me he convertido en la sombra de los reyes. Les he seguido a todos aquellos lugares a los que con su corte fueron. Con ellos estuve en Alba de Tormes, en Piedrahita, en Arévalo, en Medina del Campo, en Salamanca... Durante este tiempo he sido un cortesano más y hasta he recibido pagos por cuenta de la reina para hacer frente a mis gastos. Parte de esos dineros son las cantidades que te hice llegar hace unos meses...

–Lo recibí y he hecho algunas compras. Aunque no era necesario. Nada me falta en la casa de mis tíos... Pero dime, ¿cómo son los reyes?

–La verdad... No sé qué decir de ellos. Creo que son buenos soberanos. A él le gusta guerrear. Nada le satisface más que estar en campaña y mandar a sus nobles y soldados. Está empeñado en la conquista de Granada. Y lo conseguirá. Y a la vez no quiere que la victoria llegue ensangrentada. Prefiere un pacto con Boabdil. Las batallas, para él, creo, no son sino una forma de doblegar la conciencia del moro y hacerle que de una vez entregue el reino. Es hombre que habla poco y por tanto poco se sabe de sus pensamientos. Cuando toma una decisión resulta indiscutible, y no tanto porque la toma el rey sino porque suele resultar acertada.

–¿Es alto? –pregunté.

–Ya le viste cuando me recibió en el Alcázar.

–Sí, pero estaba demasiado lejos de él, y con la visión tapada por tanta gente como había delante de mí.

–Es normal... Ni alto ni bajo. Tiene buena cara. Es sano y ama montar a caballo y la caza. Y eso hace que no sea gordo como otros príncipes. Aunque no quiere decir que no le guste la buena comida, que le gusta. Es hombre fuerte. Hay algo de él que me satisface de una manera especial: es culto. No demasiado versado en ciencias o en arte y filosofía. Pero es persona curiosa, capaz de leer y escuchar sobre aquellos temas que le son planteados. Creo que puede ser un buen aliado como también puede serlo la reina.

–¿Te gusta la reina?

–¡Qué dices! –exclamó con una larga carcajada–. No sé por qué preguntas eso. Doña Isabel es... la reina. No la miro pensando que hembra fuera. No se me ocurriría. Escucha. Como mujer es un ser lejano para mí; como reina, en cambio, es más cercana de lo que nadie pueda imaginar. Tiene el mirar sonriente aunque no se vea sonrisa en sus labios. Es la forma de sus ojos la que ofrece esa expresión de... –dudó antes de seguir–. Bueno, su expresión es la de una mujer bondadosa, confiada... Tiene su rostro algo de monjil. Es muy blanca y rubia. Y sus ojos claros, no muy grandes, resultan alegres por más que no sea mujer dada a esparcimientos. Es muy devota, persona de misa diaria y de largas pláticas con sus confesores. Confía tanto en ellos que el más principal, fray Hernando de Talavera, el prior de Nuestra Señora del Prado, es quien debe decidir finalmente sobre el proyecto que les he presentado.

–Es decir, que aún no hay respuesta alguna por parte de los reyes. Pero sí sabrás, al menos, si apoyan o no tu proyecto. Si les satisface...

–Pues... aunque parezca mentira no lo sé, Beatriz.

–¿No lo sabes?

–No lo sé con seguridad. Creo que de alguna manera les interesa y creen en mí. De otro modo no me habrían tenido con ellos haciéndome perder todo este tiempo. Ni me habrían pagado una especie de soldada, ni constituido una Junta Examinadora para estudiar mis planes. Pero, la verdad, es que no han dado ninguna respuesta. Te puedo contar –prosiguió– lo que han discutido conmigo, te puedo recordar sus razonamientos y los míos. Puedo hablarte de las entrevistas que tuve con los reyes, de la visita que hubo de hacer a Alcalá el bueno de fray Antonio de Marchena para convencerles de que debían apoyarme... Te puedo hablar de todo ello si quieres y no te aburres con esta plática. Pero, de verdad, no sé cuál ha de ser su decisión final. Creo que tienen pensado tomarla en estas fechas. Pero nada más. Y mucho me temo que fray Hernando, al que tengo frente a mí sin que yo sepa la razón, dará una opinión contraria.

–¿Por qué piensas que no te apoya?

–No es que lo piense. Lo sé. Ante él he tenido que disimular, renunciar a mis conocimientos sobre la Biblia o sobre cosmografía para no ser tomado por hereje. Más de una vez ha intentado, con sus preguntas, llevarme a contradicciones que son harto peligrosas en los tiempos que corren.

–Pero...

Apenas abrí la boca me la tapó con sus dedos.

–Mira, Beatriz –dijo haciendo una pausa mientras se levantaba lentamente–. Nadie me ha dicho a estas alturas, y estamos en el mes de junio..., nadie me ha dicho en este tiempo si el proyecto es aceptado o no, y eso me desespera...

Mientras hacíamos el camino de vuelta me contó que después de su entrevista con la reina en Alcalá, decidió ésta que su confesor y los sabios de la Universidad de Salamanca determinaran sobre las teorías expuestas. Astrónomos y matemáticos, filósofos, clérigos y geógrafos reunidos en el convento de San Esteban, dieron vueltas y más vueltas a los estudios presentados. La respuesta fue aplazada durante meses. No hubo entonces negativa alguna, pero a la vuelta de tierras salmantinas, Cristóbal llegó a la convicción de que poco le quedaba ya por hacer en Castilla.

—¿Qué razones te han dado esos sabios para tanta dilación? ¿Por qué no apoyar todavía tus planes? —le pregunté.

—Razones objetivas... ninguna —respondió, bajando la cabeza—. Pero de sus discusiones conmigo allí, en San Esteban, he podido deducir qué es lo que no terminó de convencerles...

—Por ejemplo...

—¿De verdad lo quieres saber?

—Claro que sí —respondí con determinación.

Comprendió el navegante que deseaba entender aquellas cuestiones por muy oscuras y enrevesadas que, en principio, resultaran para mí.

—Te voy a explicar aquellos puntos en que las discusiones resultaron más duras... Por ejemplo, la distancia. Yo sostengo, con ayuda de muchos estudiosos, que las Indias están al occidente mucho más cerca de lo que se pueda imaginar. He calculado que las islas de Cypango están a menos de setecientas millas a contar desde la isla del Hierro. Los cartógrafos y geógrafos de Salamanca consideran, sin embargo, que esa distancia es mucho mayor.

Hizo un silencio, me miró fijamente y me dijo:

—No quiero aburrirte, Beatriz.

—No te preocupes, no me aburres... Sigue, por favor.

—Hubo entre nosotros posiciones encontradas sobre la distancia supuesta entre la costa portuguesa y las Indias; diferencias de criterio muy profundas sobre grados y millas que es demasiado prolijo explicarte ahora. También discutimos muchas horas y días sobre la redondez de la Tierra. Supongo que a cualquier persona sin conocimientos le puede parecer que es plana. Pero no es así. Tiene forma de esfera y no hubo dudas sobre ello en las conversaciones de San Esteban. Incluso, para acabar con las pocas vacilaciones que hubiera al respecto, en aquellos días se produjo un eclipse de luna y todos pudieron ver, con mis explicaciones y las de otros miembros de la Junta, que tal efecto no era sino la sombra de la Tierra. Todos habían entendido ese punto y, por tanto, pensé que se pondrían de mi lado. Y así fue..., pero solo en parte. Comprendieron el razonamiento, mas las explicaciones que hube de dar se volvieron en mi contra.

–¿Cómo?

–Algunos pensaron que al ser redonda la Tierra las naves tomarían una pendiente descendente en el viaje a las Indias, por la propia curvatura del planeta... Según dijeron, ese hecho provocaría que nunca se pudiera regresar por cuanto, a la vuelta, el camino sería en sentido ascendente y no se puede subir a ninguna parte con un barco.

–Parece lógico.

–Pues no. Es ilógico. Es verdad que la Tierra es redonda. Y también que se produce una curvatura. Es evidente de todo punto. Pero esa forma esférica es igual para la ida que para la vuelta. Es decir, siempre se va subiendo, o siempre se va descendiendo. Da lo mismo. La única fuerza a tener en cuenta para el movimiento de una nave es la del viento. Hay viento para ir allá y hay viento para volver. Se producen de forma circular... Son de levante por el hemisferio sur, por la mitad inferior del planeta..., y son de poniente por la parte norte. Es decir, que la misma fuerza que nos podría empujar para llegar a las Indias nos ayudaría para el regreso.

–Y rechazaron tu proyecto...

–No. No lo hicieron. Pero tampoco lo aceptaron. La cuestión quedó a la espera de una resolución real ya que la Junta Examinadora solo tiene carácter consultivo. Creo que los miembros de ese consejo están divididos. Lo que les propongo es un viaje, una exploración de las tierras que están al otro lado... del globo. Reinos llenos de riquezas que esperan a nuestras naves y a quienes con nosotros quieran llegar a ellas. Solamente los locos creen en historias imposibles, y yo estoy cuerdo.

–Pero nadie ha estado nunca en esos lugares de los que hablas.

–Yo iré. No sé si seré el primero en llegar, pero sí seré el primero en hacer el viaje de ida y vuelta; si es que los reyes me dan su aprobación...

–Te veo tan seguro de tu aventura, que a veces pienso que ya conoces lo que dices querer descubrir...

Sonrió sin dar más detalles. Con aquella conversación, con aquellas explicaciones el tiempo pasó con una rapidez inesperada. Habíamos llegado a la fonda. Era demasiado tarde para que yo entrara y preferí despedirme de él.

Unos días después, y cuando su tranquilidad parecía por fin recobrada, fue llamado por los reyes a Málaga. Desde la rendición de los moros de la fortísima Moclín otras plazas habían caído del lado de los nuestros. Su hora, según creía, estaba llegada. Vino a despedirse de mí, tomó una mula, los cuatro mil maravedíes que sus altezas le hicieron llegar y, con el alma alborozada, emprendió el camino.

Al llegar a su destino los reyes no pudieron recibirle. Unos nobles a los que apenas conocía le dijeron que los soberanos habían decidido aplazar el encargo de que se hiciera a la mar. Le pidieron que entendiera que había que esperar a que Granada cayera del lado de la cristiandad y por tanto no había respuesta negativa en su decisión sino simplemente un retraso, seguramente breve, para los planes de navegación.

Creo saber de qué terrible manera pudo encajar el navegante aquella solución. Una vez más... el aplazamiento. Hace solo unos días ha pedido a sus hermanos que viajen por las cortes europeas y ofrezcan a otros reyes lo que aquí nuestros soberanos parecen no querer tomar en serio. Temo que más adelante pueda salir tras los pasos de Diego y Bartolomé ofreciendo su proyecto.

5

Clavada en mi corazón

> «LA REYNA EXTIRPÓ É QUITÓ LA HEREGIA DE ALGUNOS CHRISTIANOS DE LINAGE DE LOS JUDÍOS QUE TORNABAN A JUDAIZAR, É FIZO QUE VIVIERAN COMO BUENOS CHRISTIANOS.»
>
> HERNANDO DEL PULGAR

> MI HERMANA ESTÁ LABRANDO,
> SE SENTIRÁ.
> PERDEDLE EL BASTIDORICO
> ASÍ SE DORMIRÁ.
>
> MI MADRE
> ESTÁ ENFORNANDO
> SE SENTIRÁ.
> AMATADLE LA CANDELICA
> ASÍ SE ECHARÁ,
> ASÍ SE DORMIRÁ.
>
> CANCIÓN POPULAR SEFARDÍ

Llueve lenta y suavemente. Las gotas, tan minúsculas, empapan las huertas, los caminos y las plazuelas. Apenas hay charcos. La tierra, tan sedienta, bebe el agua conforme cae. Esta lluvia ha dejado desiertas las calles cordobesas. Hoy es día de estar en casa. Día de repasar bordados y encajes, de rematar tanta costura atrasada. El agua limpia el aire al caer. Cómo me gusta el olor de la tierra mojada, por más que esta lluvia traiga consigo una cierta melancolía.

Ha venido Blanca. Malamente amparada en una vieja capa, ha llegado encogida y casi chorreando. La lluvia arreció fatalmente cuando estaba a mitad de camino entre su casa y la de mis tíos, donde aún vivo. Le había pedido que me ayudara a terminar de coser un brocadillo que quiero estrenar cuando pase esta imprevisible primavera de tormentas, lluvias incesantes, vientos y, a veces, sol abrasador. Blanca sabe cómo bordar con hilos de oro y plata. Lo aprendió de su madre y ésta de su abuela y así sucesivamente por años y tal vez por siglos. Era aquélla una tarea habitual entre las mujeres de los rabíes en la aljama. Labor silenciosa para no perturbar el estudio de la Torá o el Talmud que hacía de ellas expertas en el buen uso de la aguja. Hace tiempo, mucho tiempo de todo eso, y Blanca prefiere no hablar de tales cosas. Es mejor charlar de otras gentes, de los vecinos, de los nobles o de esta lluvia que no escampa y que tiene perturbada a la ciudad.

Con escalofríos se quitó la capa mojada y la ayudé a secarse. De una canasta sacó una tela con un bordado a medio terminar. Nos sentamos a la mesa y dijo:

–Mira, Beatriz. Se trata de dar puntadas en esta zona. Puntos paralelos para dejar espacio a la cinta de seda. Es muy fácil. Uno aquí y otro a este otro lado. No te preocupes en demasía por el hilo de oro. Hay que tratarlo como cualquier otro. Pon, simplemente, una pizca más de cuidado. Solo eso.

—¿Así?

—Así es. ¿Ves qué fácil?

En esas labores pasamos aquella tarde. Cosiendo, bordando mientras la lluvia caía suave y blanda sobre las tejas y los patios. Un ambiente dulce y húmedo. Un silencio apenas roto por el traqueteo de las mercancías de algún carro y los gritos del carretero; o por las campanas de alguna iglesia que, a lo lejos, daban las horas o tocaban a difuntos.

Dejé a Blanca preparar unas infusiones en el fogón; una mezcla de manzanilla y espliego que tanto nos complacía después del trabajo. Las gotas de lluvia seguían cayendo. Mansamente, pero sin pausa. La tarde se hizo gris y oscura. Antes de lo habitual, y ante cielo tan plomizo, encendimos las bujías.

—Tengo miedo, Beatriz —lo dijo así. De pronto.

Mi amiga Blanca, Blanca de Granada, tenía el rostro mudado. El pavor inundaba sus pequeños y, hasta ese momento, risueños ojos claros. Blanca temblaba como una flor movida por el viento, como si un espectro invisible le hubiera anunciado tremendos presagios. No supe reaccionar. No podía imaginar, siquiera, cuál podía ser la causa de tan imprevisto desasosiego, de ese brusco e inesperado cambio de actitud.

—¿Qué te pasa? Cuéntamelo. Puedes decirme todo. Yo...

—No sé. No pasa nada. De pronto he sentido miedo pero no sabría explicar por qué. No te preocupes.

—Mujer, alguna razón has de tener. No puedes engañarme. En un instante, y sin mediar causa alguna, tu rostro ha cambiado; se ha hecho frágil y temeroso. Eras casi una desconocida. No creo que el motivo de tu estremecimiento sea un pensamiento pasajero, una idea vaga que ahora te resistas a contar. Supongo que hay algo que me ocultas. Algo que te preocupa de verdad. Algo que ibas a decir, aunque después hayas preferido callar.

–No es nada importante, nada real, de verdad. No me hagas mucho caso en estos días –dijo intentando sonreír.

–Haz lo que gustes, Blanca. Quiero que sepas que me tienes para lo que quieras y a cualquier hora. Confía en mí.

–Gracias.

Bebió la manzanilla a pequeños sorbos. Estaba ardiendo; pero ella, ahora, tenía prisa. Nerviosa, se levantó. Agarró la capa que habíamos dejado secar sobre una silla al calor de la lumbre, se cubrió la cabeza y bajó la escalera. Desde el descansillo gritó:

–No te preocupes por nada. No tiene ninguna importancia. Un mal presentimiento, solo eso.

Y corrió a la calle. Aquella noche no dejé de pensar en ella. Recordé también al navegante tan alejado ahora de mí, pero fue Blanca quien se clavó en mi pensamiento.

No era la primera vez que hablaba conmigo de temores. Dos años atrás me relató la forma en que, con los suyos, llegó a Granada y más tarde a Córdoba tras los procesos abiertos por la Inquisición en Sevilla. Hacía muchos lustros que la familia de Blanca había abrazado nuestra religión, la de Jesus-Christo, la Virgen y los Apóstoles. Todos ellos eran serios practicantes, devotos de misa diaria y observantes de todos los preceptos de la Santa Madre Iglesia. En cambio, su tío Rubén y todos los suyos fueron detenidos por los alguaciles del Santo Oficio y sometidos a grandes torturas hasta que, casi moribundos, reconocieron ser judaizantes. Todos fueron llevados al quemadero. Rubén fue abrasado vivo en la hoguera, en medio de terribles gritos de dolor, mientras sus hijos y esposa eran previamente estrangulados y llevados, en cadáver, al fuego.

Blanca no vio aquel horroroso espectáculo, pero sí su madre, que había sido testigo en favor de Rubén durante el auto de fe y que hubo de presenciar, de manera obligada, aquel último tormento. Aquellas escenas se grabaron en su memoria y le hacen sufrir días sin sueño y graves espantos que duran, por cierto, hasta el día de hoy.

Ella contó, entre sollozos, a su esposo e hijos las historias y el penar de aquellos pobres hebreos. Los interrogatorios, las trampas de los inquisidores para encontrar ideas, fechas y datos contradictorios. Primero los abofeteaban para que reconocieran leer la Biblia de los judíos y pretender devolver a la herejía a muchos de los que la habían abandonado. Después, y en caso de no conseguir la deseada confesión, los colocaban en tornos que estiraban el cuello y los nervios y músculos a los que se atan los huesos de nuestro cuerpo. A Josué, primo de Blanca y mayor en cuatro años que ella, le sujetaron fuertemente de las manos con una garrucha que caía del techo mientras ajustaban sus ingles a una barra de hierro que de la pared salía. Los pies también tiraban lo suyo atados a un pedrusco. Dio el pobre toda clase de gritos. Negó ser judaizante aunque sí miembro de la raza hebrea. Fue azotado y perdió el conocimiento tantas veces como los dominicos acudieron para que reconociera su herejía, o para que delatara a los suyos o a otras familias. Una mañana, mientras despellejaban a tenaza su cuero cabelludo, lanzó tal alarido que su corazón asustado se paró. Y así fue llevado, muerto, inerte en su sambenito, hasta el quemadero donde solo sus huesos vieron la luz del día.

Los padres de Blanca eran cristianos sinceros. No debían tener miedo, pensé. Y en eso estaba cuando, sin darme cuenta, me quedé dormida. Tuve sueños y pesadillas. A la mañana siguiente aún llovía. Siguió lloviendo tres o cuatro días más y no pude dejar de pensar en Blanca y en su rostro horrorizado cuando dijo que tenía miedo. Una tarde, de sorpresa, volvió a casa con un brocado en el cestillo.

–Es para ti –dijo.

–¿Para mí? Gracias. Es precioso.

La besé y riendo por el pasillo fui a probármelo sobre un jubón nuevo de lino blanco. Al volver con ella la descubrí en pena, casi con lágrimas en los ojos. No dije nada. Aparté la mirada y esperé, simplemente, a que hablara.

–Mi hermano ha sido delatado por José Gutiérrez, vecino nuestro, que es familiar de la Inquisición. No nos dejan hablar con él, ni escribirle siquiera. Solo sabemos que está preso en el calabozo del Santo Oficio. No podemos recibir noticia de su parte, ni saber cuáles son las acusaciones por las que pueda ser interrogado. Presiento lo peor.

–Supongo que esto es lo que estabas a punto de contarme la última tarde en que nos vimos.

–No del todo, no. Entonces, cuando vine a bordar contigo, mi hermano Lucas estaba todavía en casa. Pero sí pasó algo. Antonio Hernández, el alguacil, preguntó por él. Le explicamos que estaba trabajando el huerto y se fue. Nada dijo y nada, entonces, nos hizo pensar en algo malo. Cuando estuve contigo... sí. La tarea de bordar deja tiempo a todo tipo de pensares y recordé aquella visita. Me asaltó la duda primero y el temor después. Y dije, de pronto, lo que sentía, que tenía miedo.

–¿Por qué razón pueden haberle apresado?

–Por judaizante.

–Pero eso es absurdo. Es hombre de Iglesia. Aporta sus diezmos, es honesto y da limosnas. Yo le he visto siempre así.

–¿Testificarías ante el tribunal?

–Por supuesto que sí.

–Gracias, Beatriz. La cosa no es fácil. José Gutiérrez dice que ha estado siguiendo a mi hermano. Dice que ha visto cómo vuelve a la religión de Israel y que discute sobre textos mosaicos con personas judías. Y más aún, afirma que mantiene preceptos como el de no laborar en sábado y que es también en sábado, y no en domingo, cuando muda de ropa limpia. En fin, toda una sarta de mentiras con tal de inculparle.

–¿Ha habido alguna clase de disputa entre ellos, alguna razón por la que le desee tanto mal?

–Nada en particular, que sepamos. Bueno, cuando eran pequeños no se llevaban bien. Sabes que somos vecinos desde que llegamos a esta ciudad. Se pelearon algunas veces, cosas de críos. Solo en una ocasión, con trece o catorce años, tuvieron una fuerte disputa acerca de quién se casaría con Juana, la hija de Octavio el barbero. Una tontería de infancia casi, que nada debería pesar en lo que ahora ocurre.

Lo cierto es que siempre se tuvieron una gran antipatía, desde niños se odiaron por una estupidez. Tengo miedo, Beatriz. Temo lo peor –irrumpió en sollozos mientras tomaba asiento en el escañil de la entrada–. Mis abuelos fueron los últimos de mi familia en practicar la religión de Moisés y Abraham. Nunca lo hicieron mis padres, ni mis hermanos ni yo misma. No negamos tener sangre judía, pero somos fieles siervos de la Iglesia de Jesus-Christo.

Siguió llorando. Apenas pude hacer por ella, salvo abrazarla y enjugar sus lágrimas con un pañuelo. Dándome gracias se fue y quedé pensativa.

Pasadas unas semanas supe, por Filomena Garalte, esposa de un alguacil del Santo Oficio, que Lucas estaba pasando muchos y malos penares; que había sido torturado brutalmente y que la piel de su espalda fue arrancada a jirones por los carceleros. Sin embargo, en medio de tanto sufrimiento, los secretarios de la Inquisición dijeron no encontrar motivos reales para seguir adelante con el proceso. Lucas no sería sometido al auto de fe aunque, una vez recuperado en su estado de salud, sería severamente vigilado para ver si él o su familia eran o no judaizantes.

Salí corriendo a contarle a Blanca, y a los suyos, lo acaecido. Quería que supieran que a pesar del dolor todo había pasado y que Lucas sería puesto en libertad. Corrí como perro de caza y llegué a su puerta. Llamé y nadie abría. Grité desde la calle, y fue en vano. Al fin, una mujer que salía de la tahona me explicó que toda la familia había ido hacia el convento de la Caridad, donde Lucas había sido llevado desde el calabozo. Corrí de nuevo calle arriba y, ya sin aliento, vi de lejos cómo salían todos por una pequeña puerta lateral. Blanca y su hermano Antonio llevaban a Lucas hacia una pequeña carreta apostada en medio de la calle; detrás, padre y madre lloraban desconsoladamente y apoyaban uno en otro la aflicción por la visión del hijo torturado. Lucas, tan delgado que casi esqueleto era, sufría magulladuras por todas partes. Descalzo, vestía solo un pantalón mugriento que dejaba ver una espalda costrosa y todavía sangrante. Solo sus forzados y lentos movimientos le diferenciaban de un muerto. Con dificultades, subió a la carreta y fue tendido cuidadosamente boca abajo mientras intentaba un leve gesto de dolor, que ni fuerzas tenía para expresar la queja del tormento. Miró a su familia con los ojos entreabiertos y pareció darles las gracias por el apoyo y por la pena. Entre llantos y pesares todos volvieron a casa.

Desde aquel día, la familia de Granada vivió puertas adentro. Apenas salían a labrar el huerto, a comprar telas y alimentos o a vender los bordados que las mujeres hacían. Sobre todo iban a la Iglesia. Ni un solo día dejaron de aparecer por el templo. Todos tan devotos que tragasantos parecían. Serios, tremendamente serios, como si cumplieran con una terrible y obsesiva encomienda. En muy pocas ocasiones pude ver a Blanca. En los escasos encuentros que tuvimos, hicimos olvido de aquellos hechos. Nuestra relación se hizo, aparentemente, fría. Dentro de mí, la estima hacia ella y los suyos creció sin tasa. Nunca dejé de tenerlos en lo más profundo de mi corazón.

6

De cómo entré en la vida adulta

**NAVIGARE NECESSE EST;
VIVERE NON EST NECESSE.**

El navegante se ha establecido por un tiempo en Sevilla, Dios quiera que no sea de forma definitiva. Alguna vez viene a Córdoba. Pasa unos días en la ciudad, se instala en la fonda, me llama y nos vemos. Hace unas cuantas visitas a los amigos y enseguida viaja de vuelta para seguir vendiendo cartas de marear y libros de estampa, como uno que me ha traído para que vea los trabajos de imprenta que se hacen ya en varias ciudades castellanas. Según cuenta, él mismo dibuja mapas o bien ayuda en las traducciones de aquellos libros que de Italia llegan. Me habla de letras de molde, de grabados, de calcos, de tintas y prensas. Palabras nuevas sobre un prodigio llamado imprenta, que me esfuerzo por entender. Habla Cristóbal –y no para– de las ventajas de la estampación. Dice que los talleres imprimen libros a cientos. Son tratados de Filosofía, de Física, de Arte y Milicia; volúmenes que han dejado de ser patrimonio de los conventos o de las escuelas de sabios. Dice que el conocimiento, por medio de esos libros, llegará a todos los que quieran saber; que ya no habrá dueños exclusivos de la cultura. Me cuenta todo esto mientras pasa las páginas de un tomo cuyas letras están alineadas de un modo tan perfecto como nunca antes había visto. Es la Ymago Mundi del cardenal Pierre D'Ailly, una bellísima impresión, uno de los libros que, según afirma, han influido sobremanera en sus teorías sobre la cercanía de las Indias por el oeste.

Su entusiasmo por estas obras de imprenta es sincero, por más que algunos de sus amigos vean en ello una simulación para esconder la pena que le ha producido el desdén que la corte muestra ante sus proyectos. Ahora intenta comunicarse con Alonso de Quintanilla. Por esa razón ha iniciado un nuevo viaje; quiere conseguir que medie de nuevo ante los reyes, para que éstos no den por rechazado su proyecto de viaje y descubrimiento de nuevas tierras para la corona. Insiste en que todavía hay esperanzas, que doña Isabel y don Fernando, simplemente, han aplazado la decisión por tener otras prioridades y sobre todo por los esfuerzos que ambos y los nobles hacen para conquistar el Reino de Granada. Sin embargo, bien conozco de su abatimiento en las semanas previas a esta nueva partida.

Me duelen tantas separaciones. Me duelen por repetidas y por largas. Alcalá, Sevilla, Huelva, Medina, Arévalo, Murcia o Salamanca; ciudades cuyos nombres evoco, envidio y odio también por saber que él está en ellas y por ellas de mí apartado.

Los días se me hacen eternos, y eso que el otoño está casi a punto de terminar. Apenas quedan hojas en los álamos y la luz, al caer la tarde, tiene ya brillos de invierno. La piedra blanca de la Mezquita se torna bermeja en los minutos que preceden a la noche. La oscuridad llega antes. En esta soledad mía los días parecen semanas y las semanas, meses. En mis paseos, los amigos de Cristóbal me hacen sentir –con su interés y sus preguntas– que soy parte en la vida del navegante. Así ocurrió esta mañana con Leonardo Esbarroya.

–Beatriz –me dijo–, recuerde a Cristóbal cuánto le echamos de menos. No lo olvide –insistió–. Y dígale, a la vuelta, que pase por la rebotica y charlaremos de tantas noticias como debe traer.

–No se preocupe. Se lo diré.

–Ah, y si necesita algo de nosotros, no tiene nada más que pedirlo.

–Muchas gracias.

Yo sí echo de menos al navegante mientras pienso en esta relación que se hace más intensa de mi parte sin que vea, de la suya, otro interés que el de buscar placer o el de encontrar consuelo y afecto cuando, abatido, vuelve con un fracaso a la espalda. Le supongo preocupado por la marcha de sus negocios, por la falta de avances, por tener que vivir, casi, de la caridad de los reyes o de sus amigos cuando no de la mía propia. Este último viaje lo ha podido pagar con los maravedíes que el buen duque de Medinaceli ha tenido a bien darle, como ya hizo en otras cuantas ocasiones desde que se conocieran, hace solo unos meses. Conozco su desasosiego y bien sé que tal sensación, tal inseguridad, le impide ocuparse de mí en la forma que debiera y que yo misma espero. Si no hay respuesta pronta y positiva de los reyes puede hundirse...

No es de tanta fortaleza como le suponen Sánchez, los Esbarroya, Spíndola o tantos otros.

Es un romántico, un soñador que, en medio de sus fantasías, vive a golpes de azar entre el entusiasmo y el dolor profundo. A veces, exultante, se convierte en dueño y señor de la tierra y el mar. Otras, abatido, encorva su cuerpo antes fornido y se esconde. En tales momentos prefiere no ser visto ni a nadie ver, huir del mundo de los vivos. En tales momentos le supongo atado a la tristeza, ojeroso, débil y asustado. Le conozco bien y sé, a veces por un gesto, cuándo va a entrarse en tal suplicio. Quisiera trocar por felicidad su dolor, su debilidad por firmeza. Pero sé, también, que no está en mi mano. ¡Si yo pudiera poner dicha donde hay pesar y enojo...! Espero que venga más feliz de este nuevo viaje.

Hoy he caminado mucho. Fui hasta San Lorenzo para rezar ante el Jesús del Calvario. Le he pedido que ayude al navegante, que le ilumine y encamine sus pasos y sus pensamientos. Dios quiera que la reina, tan devota, sea capaz de dar vuelta sobre sí y apoyarle.

Allí, arrodillada y mirando de frente al Christo, sentí una mezcla de temor y escalofrío. Más que nunca antes he tenido el presentimiento de estar embarazada y sola... Un calor, un ardor de hoguera ascendió desde el pecho incendiando mi rostro. Y pedí nerviosa al Santísimo. Rogué por ello; rezé porque no fuera cierto un tal pensamiento, para que no castigara nuestro amor con un fruto cuyo momento no debía ser, todavía, llegado. Hice la señal de la Cruz y prometí al Jesús volver pasados unos días.

En la calle, de vuelta a casa, vi algunas mozas preñadas. Una visión, un augurio que aceleró el ritmo de mi corazón. En esos pensamientos y temores me encontraba, cuando llegué al portal de nuestra casa. Oí el paso de la ronda y alguien gritó la hora. Eran las nueve en punto. Las calles ya estaban vacías. Llamé y me abrió Diego.

–Tarde llegas, prima querida.

–Me entretuve en la iglesia –contesté.

–¿En la iglesia? No son éstas –dijo– horas de misas y rezos.

Preferí no contestarle y subí por pares los escalones. Llegué a mi habitación, dejé la capa sobre la cama y volví hasta la cocina donde mi tía había comenzado a repartir sopa en los platos. Me senté y noté el silencio tenso. Era como si todos, yo incluida, esperásemos a que mi tío Rodrigo dijera algo. Como así ocurrió.

–Es un poco tarde para volver a casa. Ya sabes que a las nueve en punto se cena. Y que antes debiste ayudar en la cocina y a poner la mesa. ¿No crees?

Estaba serio y disgustado. No era hombre que pidiera explicaciones, pero aquella noche lo hizo. La tutela que debió ejercer para con mi hermano y conmigo misma por la muerte de nuestros padres y de otros parientes más cercanos no debió de hacerle demasiada gracia, creo, aunque asumió tal obligación con una resignación que, de vez en cuando, dejaba paso a un cariño sincero. Pero esa noche estaba realmente enfadado y retomó su regañina.

–No me gusta, Beatriz, que salgas sola, que vayas por la calle entrada la noche como una cualquiera. No quiero que nadie pueda decir de ti una palabra más alta que otra, que puedan murmurar nada sobre una persona que vive a mi cargo y por quien siento una gran estima.

No había dudas sobre el enfado de mi tío. Hasta ese momento, su trato para conmigo se limitaba a preguntar por el trabajo en casa o por saber de mis negocios con la costura... o para hablar del tiempo, simplemente. Sus palabras de ahora, el tono de las mismas, eran clara evidencia de que su preocupación iba más allá de una leve tardanza a la hora de llegar a casa. Temí –y acerté, por cierto– que alguien le hubiera ido a contar mis relaciones con el navegante.

–Mientras vivas bajo este techo –dijo– tendrás que someterte a la disciplina, a la costumbre y al modo de entender la vida de quienes, por edad, tenemos que ocuparnos de tu guardia y tutela.

No me dejaba replicar. Enlazaba una frase con otra y la nueva tenía un tono más agrio que la anterior. Finalmente pude expresarme. En voz baja, como en un susurro, le dije que tenía razón y que tuviera a bien perdonarme. Cuando todo parecía apaciguado, cometí el error de preguntarle si tenía algo contra mí. Y añadí:

–Os pido perdón por la falta que haya cometido, pero no creo que, salvo en esta tardanza, tengáis motivo de queja. Hago cuanto me pedís, y de mi afecto y agradecimiento nadie puede tener la más mínima duda.

Había querido frenar su discurso, su perorata, y sin embargo conseguí lo contrario, darle nuevos bríos.

–Está bien –dijo elevando el tono de voz–. Has venido tarde, muy tarde. Pero además, Beatriz, no quiero disimular por más tiempo mi enojo. Me han dicho, y tú dirás si es cierto o no, que tienes relaciones con el extranjero, con el genovés. Que os veis a menudo y que, incluso, os encontráis en la fonda en la que está hospedado.

Subió y subió el tono y volumen de su parlamento mientras, ahora sí, le miraba fijamente. En tal momento preferí no decir nada y utilizar la única baza en mi mano: romper a llorar y correr al dormitorio. A lo lejos oí cómo gritaba mi nombre y golpeaba la mesa. Acabó la disputa pero supe que debía alejarme de ellos, buscar otro alojamiento y un medio de vida, como mi hermano Pedro hiciera años antes.

Pasados unos días hablé del asunto con mis tíos. Para mi sorpresa, estuvieron de acuerdo en que lo mejor era salir de aquella casa y me dieron las llaves de otra que mi madre, en testamento, había dejado en la misma collación de Santo Domingo. Y no solo eso; también me entregaron un cofre con los ahorros dejados por mis señores padres. Contenía varios cientos de ducados y otras muchas monedas que mis tíos habían mantenido e incluso habían hecho crecer con el alquiler de la vivienda.

–La casa ha estado ocupada durante unos años –dijo Rodrigo–. Y el fruto de su arrendamiento ha servido para incrementar la herencia. Con esto, creo, puedes vivir holgadamente durante un largo tiempo.

Mi tía interrumpió a Rodrigo para decir algo más.

–Si en algún momento contrajeras matrimonio, que Dios así lo quiera, nosotros tenemos comprometido dar dote por ti como si hija nuestra fueras. No creo que tengas problema en adelante. Y si así ocurriera, has de saber que cuentas con nosotros como familia tuya que somos.

–Y no se hable más –cortó Rodrigo.

Unos y otros nos abrazamos. Tomé la llave y fui a ver la casa donde iba a pasar el resto de mi vida. La limpié a fondo. Todo el día estuve dedicada a esa tarea. Al llegar la noche estaba cansada. Sin nada que pudiera darme luz, me tumbé en el camastro y me quedé dormida. Soñé la casa una y otra vez. Por la mañana desperté con un ligero mareo. Busqué manchas de sangre que apartaran el temor al embarazo y nada vi. Esa misma tarde, consulté al físico Juan Sánchez. Después de examinarme pacientemente confirmó mis temores. Estaba embarazada.

–¿Está usted seguro?

–No hay duda. Lo más probable es que se encuentre en el segundo mes de gestación. Si mis cálculos no fallan, puede parir bien entrado el mes de julio o a mediados de agosto, como muy tarde.

–No hay dudas de...

No me dejó terminar la pregunta. El físico estaba totalmente seguro. Me ofreció su apoyo y toda la ayuda médica necesaria. Me preguntó si mis tíos sospechaban siquiera la posibilidad del parto y le dije que no y que ahora, además, ya no vivía con ellos.

–Es usted muy joven, Beatriz. Pero también, por ello mismo, es fuerte y tiene alegría suficiente para salir adelante con el pequeño. Además tiene a Cristóbal que, seguramente, estará contento de saber que tiene un hijo por llegar.

–Pero no estamos en la mejor situación.

–No sé si se refiere a su situación afectiva. Pero si es a la economía, le aseguro que muchas personas, aun partiendo de la penuria, han salido adelante y han dado a sus hijos una educación y un cuidado inmejorables. No tiene que preocuparse por ello. Ahora está aturdida, pero dentro de muy poco lo verá todo con mucha más claridad.

Han pasado ya algunos días de la consulta con el físico. En este tiempo la naturaleza ha venido a confirmar el diagnóstico y mis temores. A primeros de marzo estaré de tres meses embarazada. Solo faltan diez días para eso. Creo –nadie más lo ve por ahora– que ya se nota en el contorno de mi cara el rasgo que refleja la preñez de una mujer, el abandono del tiempo de moza. Palpo mi barriga, pero es pronto, demasiado para que algo así pueda ser apreciable. En estos pensamientos me ando de camino a la casa de mis tíos, que dentro de unos momentos celebran matanza en el corral de su casa. Me aturde el temor a que ellos o los amigos que también han invitado puedan advertir mi estado.

–¡Beatriz!

–¡Lucía! –saludé a la esposa de mi tío Rodrigo–. ¿Cómo estáis?

–Estupendamente. Y más ahora que has llegado. Tu tío no quería empezar la matanza del cerdo sin ti.

Pasé hasta el patio donde el tío Rodrigo y mi primo Diego de Harana avanzaron unos pasos para saludarme. Nunca me habían dado tanta muestra de ternura como aquella mañana de enero en presencia de todos sus invitados; unas veinte o treinta personas, entre las que se encontraban algunos de los hombres más influyentes de Córdoba.

–Ésta es mi sobrina Beatriz Enríquez de Harana, a la que algunos de vosotros ya conocéis –dijo Rodrigo con cierto orgullo y mucha alegría en el rostro.

Mientras saludaba a algunos de los invitados, mi vista se fue hacia un hombrón alto y gordo que frente a nosotros afilaba cuidadosamente un cuchillo. Sus ojos se posaron en mí de un modo tan perverso que hube de mirar a otro lado. Recordaba aquella cara de los tiempos en que vivía en Santa María de Trassierra. Nunca sufrí nada de su parte. Pero sus ojos, su boca desdentada, grande y de labios caídos, su cabeza rapada y su cuerpo hinchado se habían convertido, desde mi infancia, en una imagen compañera de las noches de pesadilla. Quizá, hace mucho tiempo, sentí ya la mirada morbosa de este matarife y por eso le recordé siempre. No sé. Verle allí, de frente y con ese cuchillo en la mano, me produjo un tremendo escalofrío que disimulé como pude mientras me acercaba al grupo de las mujeres –algo más alejado del de los hombres– que calentaban agua en grandes recipientes para limpiar las tripas donde más tarde habrían de embutir la chacina.

–Antonio, ya puede usted empezar –le dijo mi tío.

El hombre de mirada torva dejó el cuchillo sobre unos sarmientos, tomó un gancho y con dos jóvenes harapientos –sus ayudantes– se fue hacia la porqueriza donde el marrano esperaba, todavía en silencio. Abrieron la puerta y el tal Antonio le clavó su herramienta por el morro mientras el animal chillaba y chillaba resistiéndose a ser llevado sobre la gruesa mesa de matanza donde, con dificultades, fue sujetado por unos y otros. En ese momento el matarife agarró el cuchillo largamente afilado y lo clavó en el cuello del puerco que, ya impotente, reducía el modo y fuerza de su queja, mientras su sangre, a borbotones, llenaba un gran cuenco.

Muerto el animal, prendieron fuego a su piel para dejarla limpia de pelo. A hachazos le cortaron la cabeza, que partieron en varios trozos para que sirviera a la primera asadura. El vino corría y todos brindaban por este día de fiesta que mi tío Rodrigo había regalado. Él fue quien primero levantó su jarra y quien primero comió un trozo de oreja asada.

Recuerdo las matanzas en casa de mis padres, en Santa María de Trassierra. Allí no había fiesta, se trataba de un acto reservado al entorno de la familia. Pero ahora, con tantos conversos, la matanza ha pasado a ser una tradición y una fiesta para los amigos y el vecindario. Se trata de que muchos vean y sean testigos de cómo los cristianos nuevos comen aquello que las leyes judaicas tenían por norma prohibido. No hay domingo de invierno que Córdoba no huela a humo y a pelo de cerdo chamuscado. Son tantos los que se han dado a la cría de cochinos, que el corregidor ha dictado que no haya más de dos animales por casa y año. Y no solo eso, ha dado normas precisas para que sea el cabeza de familia el que se deshaga, en sitios destinados a tal fin, de los desperdicios y basuras como las fiestas de matanza ocasionan. Los pobres cerdos son, al fin, de esa manera, las víctimas por la conversión que tanto desea nuestra buena reina doña Isabel.

Mi tío dice que no necesita de fiestas que den fe de sus creencias, pero tampoco quiere quedar al margen de unas costumbres que poco a poco van tomando cuerpo y raíz en Castilla...

–Antes, no solíamos celebrar la matanza de esta manera... –le dije.

–Es verdad –contestó–. Pero está bien que así sea. Cuesta poco y es una forma de festejar a los vecinos... Luego ellos organizan sus propias fiestas del cerdo y así vamos pasando de una casa a otra. Todos nos ayudamos en la tarea de preparar los adobos y salazones, las tajadas, y todo tipo de chacina y tripería con lo que el invierno se nos hace menos frío y desde luego, mucho más alegre. ¿No te parece?

Asentí con una sonrisa. Miré hacia donde todos se agrupaban y vi al cerdo, sujeto con cuerdas a una estaca. Entre varios hombres lo levantaban y lo ponían contra la pared. Mientras las mujeres preparaban morcillas con su sangre, el matarife lo abría en canal, de arriba abajo, para ir cortando con fuerza y una cierta solemnidad los jamones y paletillas, los lomos y chuletas; que en el cerdo, ya se sabe, todo es provecho. Algo cansada me retiré hacia el lugar donde la tía Lucía preparaba platos de verduras y pan con que acompañar el tocino y el forro que ya salía de las brasas...

–Ayúdame, Beatriz –me pidió–. Lleva estos platos a la mesa donde está tu tío con sus amigos...

Así lo hice. Pero cuando pasaba junto al brasero no pude aguantar el olor de las grasas del cerdo. Sentí un asco profundo. Se me puso tan mal cuerpo, que casi no pude llegar con el mandado que mi tía me hizo. Con la vista casi nublada pude dejar los platos sobre la mesa. Y vi, como entre niebla, la cara de mi tío que me preguntaba por lo que me estaba pasando. Escuchaba otras voces. Al punto se acercaron las mujeres con mi tía al frente de ellas. Me abanicaban y pedían a los hombres que se apartaran por cuanto iban a aflojarme la ropa que tanto me apretaba el pecho. Me dieron agua y vinagre con que recuperar el aliento y el conocimiento, que a punto estuve de perder.

–¿Qué ha sido, pequeña? –decía nuestra buena vecina Ana, una mujer de unos cuarenta años–. ¿Qué te pasa?

–Nada –acerté a decir–. Ha sido el olor de la grasa del cerdo. Me ha dado un poco de asco. Nada más.

Noté los brazos de mi tía queriendo incorporarme para que el aire me llegara más fácilmente... Ella misma soplaba en mi cuello para dar algo de frescor a mis carnes sudorosas de tanta angustia y mareos como estaba pasando. Bebí un poco de agua y sentí que todo estaba algo mejor. Por detrás de ellas se acercó la figura acochinada de Antonio, el matarife. Miró mis pechos, que cubrí rápidamente con las manos. En medio de su mugrienta cara renegrida abrió sus redondos ojos negros como queriendo penetrar en mí, ahora que agotada y débil estaba. Le miré con miedo y vi que movía la boca... Aquel inmenso pedazo de carne comenzó a dibujar con sus labios un beso. No sé cómo lo pudo hacer. Le miré con ira, con desprecio, y le pregunté:

–¿Qué hace aquí, qué quiere?

Las mujeres se volvieron sorprendidas por la presencia allí de este hombre. Alguna de ellas también le preguntó qué quería. No respondió. Miró a todas de una en una y después fijó sus ojos en mí.

–No es el olor del cerdo –dijo aquel monstruo mientras me miraba–. Tú estás preñada.

Pensé llamarle canalla, grosero, hijo de mala arpía. Pero callé y observé cómo otras mujeres le insultaban y le lanzaban miradas de desprecio. Como si fuera una revelación, recordé el motivo por el que su cara no me era desconocida. Tendría yo seis años cuando salí, casi de noche, al corral de nuestra casa, en Santa María. Sentada, jugando sola sobre la tierra, escuché un ruido que me asustó. Al volver la cabeza vi a un hombre y corrí presa del pánico a que mi madre me auxiliara. Desde entonces esa cara se había instalado en mi memoria, pero hasta ese preciso instante no había podido recordar la razón del temor y el asco que aquel rostro infame producía en mí... Aquel que de niña me observaba era el mismo que hoy veía, cuchillo en mano, en la matanza del cerdo.

Mi tía me acarició y me miró. Como en un susurro, al oído, me preguntó si era cierto lo aquel hombre decía... Si era cierto que estaba preñada. Le dije que sí, que era verdad. En ese instante sentí con más fuerza sus brazos alrededor de mi cuerpo.

7

El recuerdo de aquel rey tan cruel

«E POLLA MEESMA MANDAMOS A TODAS NOSSAS JUS-
TIÇAS QUE HO COMPRAM ASY E PORTANTO VOS ROGAMOS E
ENCOMENDAMOS QUE VOSSA VINDA SEJA LOGUO E PERA
YSSO NÕ TENHAAES PEJO ALGUÛ E AGARDECERUOLOEMOS
E TEEREMOS MUYTO EM SERVIÇO.»

SCRIPTA EM AVIS A XX DIAS DE MARÇO DE 1488.

DOM JOHAM II REY DE PORTUGALL
E DOS ALGARUES

(«Y por esta misma carta mandamos a todas nuestras justicias que lo cumplan así y, por tanto, os rogamos y encomendamos que vengáis enseguida sin temor alguno. Os estaremos muy agradecidos de vuestro servicio.»)

Hace tres días que Cristóbal ha vuelto. Después de varios meses en que ha perseguido el favor de la corte por otras tierras le veo dubitativo, nervioso... Lee, guarda y vuelve a leer la carta que a Murcia le hizo llegar el rey Juan de Portugal. Me cuenta que el monarca, en otro tiempo amigo y protector suyo, le anima para que viaje a Lisboa con el fin de retomar las conversaciones y encarrilar, de nuevo, su proyecto. Temo que el parón en sus negocios con los reyes de Castilla y Aragón le incline a escuchar al lusitano ahora que preñada me encuentro. El navegante advierte estos miedos míos e intenta tranquilizarme.

–Aunque no lo creas –me dice–, no tengo intención alguna de ver al rey. No confío en él.

–Sin embargo –le respondí–, él sí parece confiar en ti.

Desdobló la cuartilla con el texto del rey Juan y la extendió para que yo misma pudiera leerla. No conocía la lengua portuguesa, aunque pude entender lo suficiente como para saber que era respuesta a otra enviada antes por Cristóbal. El monarca se decía agradecido de la voluntad y entusiasmo que mostraba por servirle. Comprendí que el navegante, en su enfado con nuestros señores los reyes por tanta tardanza en sus gestiones, había decidido echar anzuelos en otros bancos. Y en el más cercano había conseguido pescar. Seguí leyendo:

«VYMOS A CARTA QUE NOS SCREPUESTES E A BOOA VONTADE E AFEIÇAM QUE POR ELLA MOSTRAEES TEERDES A NOSSO SERVIÇO VOS AGARDEÇEMOS MUYTO. (...)
NOS POR ESTA NOSSA CARTA VOS SEGURAMOS POLLA VYNDA STADA E TORNADA QUE NOM SEJAEES PRESO RRETEUDO ACUSSADO CITADO NẼ DEMANDADO POR NENHŨA COUSA ORA SEJA CIUIL ORA CRIME DE QUALQUIER QUALIDADE.»

(«Vimos la carta que nos escribisteis y os agradecemos la buena voluntad y el entusiasmo que mostráis en servirnos. Por esta carta os aseguramos que ni en vuestra venida, ni durante vuestra estancia, ni a vuestro regreso, seréis preso, detenido, acusado, citado o demandado por ninguna causa, civil, criminal o de cualquier clase.»)

No quise preguntarle por las causas que pudiera tener pendientes con la justicia portuguesa y que el rey ahora estaba tan dispuesto a perdonar. Pero él supo ver el fondo de mi mirada.

—No te preocupes —dijo—, no he huido de la justicia, sino de la injusticia. Y sobre todo he dejado atrás un pasado con el que necesitaba romper y he dejado también a un hombre feroz, un rey capaz de matar con sus propias manos, como hizo con el duque de Viseu, o de ordenar degollar, como también hizo, a su cuñado el duque de Bragança con gran espanto para muchos hombres honrados de Portugal, que vieron cómo la muerte visitaba amigos por el capricho de don Juan... Es hombre cuerdo en su general vida diaria, pero a veces la locura se hace con él y entonces se muestra caprichosamente sanguinario.

Doblé aquel papel y se lo entregué. Mirándole a los ojos le dije:

—Sin embargo, es un hombre poderoso y ahora parece verdaderamente entusiasmado con tus ideas. No me puedo creer que no te sientas tentado a escuchar de su boca lo que te quiera decir, lo que te quiera pedir o dar. Y más cuando esta carta es respuesta a una tuya...

—Te equivocas, Beatriz. Es verdad que le escribí. Fue hace ya dos meses, cuando más desesperado estaba por el desdén con que estoy siendo tratado por don Fernando y doña Isabel. Pero ahora desearía no haber enviado esas letras. Estoy inquieto, abrumado y arrepentido...

Se sentó junto a la mesa de la cocina y me invitó a hacer lo mismo. Me cogió la mano. El navegante solía actuar así, con una especie de ensayada solemnidad, cuando quería ser escuchado. Puse toda mi atención y él prosiguió el relato.

–Cuando aún vivía en Portugal, entre Azores y Lisboa, tuve cierta relación con el rey Juan. Empecé a tener contacto gracias a la mediación de un religioso emparentado con mis suegros. Aquello se transformó con el tiempo en una especie de amistad. Había semanas en las cuales era invitado uno, dos o tres días a visitarle en palacio. Era un entusiasta del mar. No tanto como el príncipe Enrique, pero siempre gustó de hablar sobre cuestiones marinas, historias de pescadores y de tierras por descubrir. Terminó por ganarme a su confianza. Y yo, por mi parte, le expuse mis planes y le confié algunos de mis secretos.

–¿Cuáles?

–Pues...

Dudó antes de pronunciar palabra alguna pero debió de pensar, por fin, que tenía en mí alguien a quien contar sus problemas sin temor de que sus palabras llegaran a los oídos de otros...

–Hace mucho tiempo –prosiguió con voz pausada y dulce–, casi desde mi llegada a las Azores, tuve conocimiento de la existencia de algo que podrían ser unas islas al Occidente. Había sabido, por marinos portugueses, que a varios cientos de leguas desde Madeira o desde Canarias, habían sido avistadas las sombras de algo que parecían lejanas islas y que podrían ser, según supuse, el Cypango que describió Marco Polo. Tierras que, de llegar a ellas y repostar víveres, podrían servir de base para seguir navegando y llegar al Cathay del Gran Khan.

–¿Te dieron prueba alguna de su descubrimiento? ¿Llegaron a ellas? ¿Qué vieron? –fui desgranando preguntas, una tras otra ante tan excitante relato.

–Realmente... –dudó– creo que aquellos marinos no se atrevieron a llegar. Creo que no lo hicieron por el temor que siempre han tenido los hombres de mar a lo desconocido y sobre todo por el pánico a no poder hacer el viaje de vuelta. También, quizá, por la falta de víveres o por navegar en barcos poco adecuados para tan largas travesías.

–No sé si es apropiado que tus negocios estén basados en relatos, en cuentos de marinos, sin que nadie más pueda confirmar la existencia de aquellas tierras.

No se sintió cómodo con mi observación. Estoy segura de que él habría preferido que callara y que simplemente escuchara con atención y con los ojos abiertos de par en par... Fui imprudente. Sin embargo, continuó.

–No eran solamente relatos de gentes de mar que, como sabes, son exagerados y mentirosos a veces. En ocasiones, después de algunas grandes tormentas, yo mismo he recogido, en las playas de Porto Santo, pedazos de madera labrada, artes que en absoluto corresponden a nuestras culturas sino a hombres que, según entiendo, viven en las Indias. Durante todo este tiempo he ido uniendo datos de uno y otro lado, he leído historias, he estudiado todo lo concerniente a la navegación y a las medidas de este planeta... Y creo que no es difícil confirmar la existencia de esas islas en el Occidente. Solo falta conseguir financiación, barcos y gente experta. Ir allí. Es necesario conseguir una expedición para poder hacer el viaje con todas las garantías. Se trata de llegar a las Indias y, lo que es más importante, poder regresar a Castilla.

Se animó el navegante con el relato. Se levantó para tomar un jarro con agua del pozo después de pasar por el dormitorio donde guardaba sus papeles...Volvió a su asiento con un mapa y cartas de marear en la mano, mientras me hablaba de cuestiones que eran de difícil comprensión, de la Geografía de Ptolomeo, de las nuevas mediciones árabes del Globo Terráqueo y de la correspondencia de un tal Paolo de Toscanelli –un florentino experto en geografía y astronomía– con un religioso portugués de apellido Martins y a la que él había tenido acceso. El mapa que me mostró había sido hermosamente coloreado.

—Lo ha dibujado mi hermano Bartolomé, que es, como sabes, más experto que yo mismo en esto de hacer cartas y portulanos.

A un lado, a la derecha de ese mapa, figuraban las costas de Irlanda, Portugal y África; cerca de ellas, Azores, Madeira y Canarias y un poco más lejos, casi a mitad del mar, la isla llamada de Antilia rodeada de un archipiélago diminuto. Al otro lado del papel, a la izquierda, la costa de Cathay precedida de multitud de pequeñas islas entre las que sobresalía, por su tamaño, Cypango. Y en medio, uniendo o separando ambas partes, el Mar Tenebroso.

—Calculo, de acuerdo con Toscanelli, que a unas setecientas cincuenta leguas de la isla del Hierro, una distancia realmente pequeña, se encuentra Cathay. La gran aportación de ese hombre, de Toscanelli, es precisamente que presenta una distancia menor de lo que pensábamos entre la costa occidental de Europa y la costa oriental de las Indias.

–Sin embargo, Cristóbal, no hay nadie que haya llegado allí.

–No hay nadie –respondió con seguridad y firmeza– que después de haber llegado a esas tierras haya podido regresar. No hay nadie que haya vuelto con la prueba de haber pisado las Indias Occidentales. Eso es así, y ésa es la tarea que me propongo. No estoy hablando de sueños, sino de documentos geográficos y de las conclusiones de muchos astrónomos y físicos.

Hizo una pausa, respiró profundamente y en el fondo de una caja de madera buscó un papel varias veces doblado. Lo abrió con toda parsimonia para evitar que se rompiera por alguno de sus pliegues, lo colocó sobre la mesa y pidió que pusiera toda mi atención en lo que empezaba a relatar. Era un mapa dividido en dos partes y coloreado en tonos azules, marrones y verdes. Un «Mapa Mundi», así lo llamó, con dos globos que correspondían a las dos caras que supuestamente tiene el planeta Tierra. El propio Cristóbal había hecho el dibujo con la documentación que, ya viudo, recibió de su amada suegra. Datos y derrotas marinas que ella había guardado celosamente desde la muerte de su marido, el gobernador de Porto Santo. Con aquellos datos y los de la geografía de Ptolomeo, más los dibujos y narraciones de un tal Querques y de un monje llamado Jean de Tocqueville, Cristóbal había diseñado los límites de nuestro mundo con distancias precisas y con el apoyo de otros elementos como corrientes marinas y vientos dominantes, que consideró más ajustados a la verdad que los de las cartas de navegación conocidas hasta ese momento.

–Éste es mi Mapa Mundi –dijo con una satisfacción más que evidente, mientras se acariciaba la barbilla en un gesto muy propio del navegante–. Una vez, hace ya un par de años, cometí el error de enseñárselo a una persona en Lisboa. Perdí a quien creí era un amigo, malogré mi crédito y más tarde fui traicionado y perseguido.

–Aquel que tan mal trató tu confianza fue...

–Juan II de Portugal. El rey Perfecto... Perfecto, tiene gracia. Le conté mi secreto, es decir, todo lo que te he dicho y mostrado. Mi secreto, mi capital. En lugar de encargarme misión descubridora alguna y apoyarme con gentes y con los barcos apropiados que le pedí, prefirió armar dos carabelas y encargar el viaje a marinos portugueses, que volvieron muertos de miedo para confirmar al rey lo que él deseaba escuchar: que nada había al occidente de Lisboa y que yo no era sino un iluso visionario, un loco.

»Afortunadamente fui avisado a tiempo del regreso de aquella misión, del retorno de quienes venían dispuestos a forzar mi descrédito. Sabiéndome traicionado, decidí tomar a mi pequeño Diego y viajar con él a Castilla, donde la suerte, por cierto, no me ha sido más propicia –lanzó un suspiro, miró al techo y prosiguió–: De todos modos, algo debió de quedar en la memoria del monarca porque un año después encargó de nuevo el viaje a un tal Fernam Dulmo, un pirata, un aventurero flamenco de poca monta, que también regresó con las manos vacías de aquella navegación.

–Entonces, huiste de Portugal... sin decir nada al rey o a los suyos y por eso tienes, como dice en su carta, cuentas pendientes con la justicia...

—Tenía solamente problemas con algunos acreedores. Nada importante, de veras. Simplemente ocurrió que empecé a saber de aquel comportamiento espantoso del rey Juan y me vine a Castilla para ofrecer a tus reyes... —dijo «tus reyes» con un cierto desapego— la posibilidad de añadir nuevas tierras a la corona; nuevas tierras y nuevas vías para las especias, las sedas, el oro y las joyas. Ofrecerles un lugar privilegiado en el comercio mundial. Ofrecerles el puesto de gobierno de todo un planeta cuyas rutas desconocidas tenía y tengo que descubrir.

Nunca antes le había escuchado tales cosas, ni expresadas de ese modo. Que yo supiera, ni siquiera en las tertulias en la botica de Esbarroya había comentado el navegante con tanta seguridad la existencia de tierras en el Occidente. Todos los que le conocíamos sabíamos de sus afanes descubridores que, sin embargo, nunca había apoyado con datos o mapas, como ahora había hecho. Hasta este mismo instante, yo misma le había considerado poco menos que un visionario. Ahora, en cambio, hablaba de las Indias con papeles en la mano, con mapas, cartas, anotaciones y..., en suma, con certezas. Su relato parecía ser el de alguien que —más que confiar en un hallazgo— había estado ya en el territorio que decía pretender descubrir. Tal era su seguridad ante la existencia de esas tierras.

—Cristóbal..., ¿has intentado viajar antes a esas islas, a las Indias, por la ruta occidental?

—Bueno, he conseguido asomar la proa de algún barco... hacia el océano. Pero no, no he podido viajar a esos lugares. Las naves que he tenido a mi cargo no estaban preparadas para tan larga travesía. Una vez –recordó–, don Luis de la Cerda, el duque de Medinaceli, que tanto me apoya como sabes, pretendió financiar la aventura con ayuda de Juanoto Berardi. Pero todo quedó en nada. Alonso Quintanilla y el Padre Diego Deza, tutor del infante, pensaron que una expedición de tal envergadura no era cosa de hurtarla a los reyes, y que convenía consultar a la corona sobre la forma y el momento de la partida. Dijeron también que haber hecho la travesía sin el consentimiento de doña Isabel y don Fernando podría ser tomado como acto de rebeldía. Don Luis, que siempre confió en el éxito de la expedición, nunca habría traicionado a los reyes por los que tanto ha hecho y hace ahora. Todos, y yo mismo entre ellos, decidimos que era mejor consultar al Consejo Real y que el viaje se hiciera al amparo de Castilla y Aragón. Desgraciadamente, ahora dependemos de que un rey moro se rinda o... se suicide.

Dobló su Mapa Mundi y recogió tantos documentos como había dejado sobre la mesa. Me pidió discreción por todo lo que había visto y escuchado y quiso aún añadir un detalle más.

–Una vez estuve a punto de salir, de forma desesperada, con una nave hacia Canarias y de allí, con el viento de popa, hacia las Indias... Fue después de hablar en Palos con otro marino, un tal Pedro de Velasco, que a mí había sido presentado por el buen fraile Antonio de Marchena. Aquel hombre, viejo, enjuto y de mirar nervioso, también me confirmó estas ideas al decir que, tiempo atrás, cuando sirvió en la flota portuguesa de Enrique el Navegante, creyó ver tierra en la zona donde yo afirmo que la hay. No dijo nada en una primera ocasión, para no ser tenido por loco o necio. Unos años después, y en el mismo lugar, volvió a ver una sombra azul en el horizonte. Llamó la atención de sus compañeros, pero ellos no quisieron seguir adelante... Algunos por pensar que aquello era un espejismo de negros augurios; otros por el temor a quedar apresados sin víveres en tierras extrañas. Y volvieron sin nada más que el recuerdo. Hoy, al cabo del tiempo, traicionado por unos y desoído por otros, evoco aquellos días en que estuve a punto de salir hacia la mar océana, hacia el Mar Tenebroso. Debí hacerlo. Hoy tendría los honores de ser el descubridor de la nueva ruta de las Indias.

–O estarías muerto.

–O lo estaría, sí.

Cristóbal me prometió que no viajaría a Portugal. Pero han pasado tres meses desde esa conversación y nada sé de él. Solo he recibido una nota suya, fechada en Sevilla, en el dos de julio. Se acabaron los últimos maravedíes que le dio Santángel para que pudiera malvivir mientras el Consejo decidía sobre su aventura. Dice en su carta que hace mapas de encargo para navegantes y que ha vuelto a vender los libros de estampa que salen de las nuevas imprentas de la ciudad. Afirma que muy pronto nos veremos. Sé, sin embargo, que tardará mucho en volver. Temo que no estará conmigo el día que nazca nuestro hijo. Desde la lejanía, quién sabe si está en Sevilla como dice o tal vez en la Rábida, o en Salamanca o en Lisboa, me pide que si se adelanta el parto, ponga al niño el nombre del rey, y si es niña el de la reina. Así lo haré.

8

Nacimiento de Hernando

«TUVO DESTA SENYORA AL MEJOR DE SUS HIJOS, DON HERNANDO COLON, BIEN CONOCIDO EN EL MUNDO POR SUS GRANDES LETRAS Y POR LA INSIGNE LIBRERIA QUE ESTA OY EN LA IGLESIA MAIOR DE SEVILLA.»

ANDRÉS MORALES Y PADILLA

El niño llora sin parar. Dice mi tía que es signo de buena salud. Lo mismo cree Ana, nuestra buena vecina, que desde ahora pasará mucho tiempo en casa para ayudarme en la cría del pequeño. A veces tanto llanto se me hace insoportable y pienso si no estaremos desoyendo un quejido por enfermedad o dolor como tal vez quiera, en ese modo, comunicarnos. Tal vez sean temores de primeriza, como dicen, pero me intranquiliza que solo deje de gritar cuando alguien lo sostiene en brazos... Lo mecen andando y se duerme, pero cuando lo tienden a mi lado, sobre la cama, vuelve con más fuerza que antes a sus llantos y gemidos. Creo que voy a terminar con los nervios destrozados si la criatura sigue sin dejarme dormir, como por el momento hace.

Mi hermano Pedro envió correo a Cristóbal para que vuelva de Sevilla y conozca a su hijo. Espero con ansiedad su regreso. Me habría gustado que hubiera estado aquí en el momento en que dimos las aguas bautismales al pequeño. Podíamos haber esperado, pero mi tío Rodrigo insistió en que cristianarle era urgente, no fuera que una repentina enfermedad se lo llevara lejos del Paraíso. El niño se llama como quiso el navegante: Hernando, como el rey. El cura que lo cristianó le inscribió en el documento de la parroquia con mis apellidos, como las leyes de Castilla ordenan, a la espera de cambiarlos por los de su padre si un día, como espero, así lo quiere él.

Intento dormir y apenas lo consigo, y cuando así ocurre, las pesadillas acuden a mi mente en tal manera que prefiero seguir despierta. Anoche, por ejemplo, soñé con un viaje a Cádiz. Nunca estuve en esa ciudad pero la imaginé hermosa, llena de luz y con un puerto grandioso al que llegan naves de todas partes del mundo. En mi sueño Hernando había crecido hasta los tres años y Cristóbal seguía reuniendo información para su viaje a las Indias. En aquella ciudad nos esperaba un hombre, un sabio, un cartógrafo o algo así.

Aquel día los gaditanos se agolpaban en torno al puerto. Todos querían ver la arribada de una carraca veneciana cargada hasta los topes con materias primas y especias traídas de Calcuta, Abisinia y Egipto, sedas y manufacturas de Cathay. Una gran mercadería con destino a la corte del rey Juan de Portugal. El navío fondeó frente a la dársena para dejarse ver en su totalidad. Tenía dos castillos, a proa y a popa. El palo mayor parecía más alto que la torre de una catedral y, en su extremo, la cofa se abría como balconada circular. Otros dos palos, mesana y trinquete, subían, aunque menores, también majestuosos. Las enormes velas blancas estaban recogidas en centenares de cabos. En cubierta, decenas de marineros y soldados formaban a la espera de que diminutas naves llevaran a bordo los víveres requeridos. El capitán miraba hacia la ciudad mientras esperaba, también, a que llegaran y fueran estibados en la bodega los alimentos. Todo un constante ir y venir de gentes y bultos por el mar y por el puerto.

Los mendigos y otros pedigüeños aprovecharon la ocasión para llenar saquillos, bolsas y faltriqueras con monedas y mendrugos. Había en aquel mi sueño juglares, músicos y bailarinas que también pedían por lo suyo. Y en fin, chiquillos por todas partes gritando con la esperanza de recibir, como recompensa, el saludo de los tripulantes de aquella inmensa ciudad flotante.

Cristóbal fue invitado a la nave y llevado en barca de remos tan pronto como el capitán de la carraca fue informado de su presencia en puerto. Estuvieron paseando en las cubiertas y sobrecubiertas, hablaron y rieron durante largas horas mientras bebían vino de Italia. Una escena que Hernando y yo atendíamos desde la bocana. De pronto, la nave soltó amarras y salió rumbo al oeste, hacía donde el navegante decía que se hallaban las Indias. El barco se perdía a lo lejos al tiempo que las gentes desaparecían como si fueran víctimas de un hechizo. Desperté desesperada por mis propios gritos.

Era solamente un sueño fruto de la congoja que siento ante la posibilidad de criar en soledad.

–¿Y por qué Hernando? –preguntó mi tío.

–Ése es el deseo de su padre –respondí.

–No hay Hernandos en la familia... Le podíais haber puesto Pedro, como tu hermano y tu padre. Por ejemplo.

Estoy segura de que en el fondo mi tío, aun sin mencionarlo, habría deseado que el niño se llamara Rodrigo. Pero no quería contravenir lo dicho por el navegante. Además, Hernando era nombre que me agradaba.

A las pocas semanas, Cristóbal llegó a Córdoba.

–Hernando, Hernando... Y decís que llora mucho. No veo eso. Le siento lleno de felicidad por estar entre nosotros.

Le mecía y le abrazaba contra sí una y otra vez. Tenía el navegante un sentimiento paternal más allá de lo que era costumbre entre los castellanos, para quienes los hijos –así lo decían– son de las madres hasta la mayoría de edad. Tal vez fuera por aquella prematura viudedad en Portugal, tal vez por el cargo de su primer hijo al que siempre estuvo atento, aun en la lejanía; el caso es que el navegante había desarrollado una sensibilidad especial. Pasaba horas conmigo y con Hernando y apenas salía de casa, salvo para reencontrar a viejos amigos y departir sobre la dilación de sus negocios con la corona. Se preocupaba por nuestro bienestar y continuamente encarecía a Ana que no nos faltara de nada. Se encargaba personalmente de que hubiera alimentos de sobra, y un día trajo a unos albañiles con la orden de instalar unos fogones con los que preparar comida caliente. La obra fue de cierta importancia, ya que hubo de ser abierto un hueco en el tejado por donde sacar una chimenea nueva. Pero mereció la pena. Desde entonces pudimos preparar platos antes impensables y que eran todo un lujo en una ciudad donde las viviendas con cocina eran escasas.

–Creo, Beatriz, que es mejor así, por el niño y por ti.

–Pero esa obra es muy cara –le respondí mientras Ana revisaba los fogones con una expresión de absoluta satisfacción.

–No te preocupes por eso ahora.

–Pero hace meses que los reyes no te hacen donación alguna de...

No me dejó que continuara y me explicó que ahora disponía de una suma suficiente de ducados y que antes de partir hacia Sevilla me los había de dar –como así hizo– para que pudiéramos vivir holgadamente.

–¿De dónde sale ese dinero? –pregunté.

–Bueno, tampoco es tanto. Ya quisiera que fuera mucho más. Una parte la he ganado vendiendo mapas, cartas de marear, y sobre todo esos libros que hacen los impresores, como sabes. Otra parte me la ha dado don Luis de la Cerda, que quiere tenerme a su servicio. Está entusiasmado con mi proyecto de viaje a las Indias, le gusta saber cómo ha de hacerse tal aventura y hace gestiones, por mí, ante personas allegadas a los reyes para que no dejen de lado lo que les he propuesto.

–Tanto es su entusiasmo..., dices.

–Tanto, que si un día cayera Granada y los reyes siguieran sin darme su apoyo, el duque está dispuesto a poner bajo mi mando la flota necesaria para llegar a esos territorios. Tanto es su entusiasmo, sí.

Regresó el navegante a Sevilla, pero volvió por Córdoba muchas veces. Le gustaba estar en casa y seguir de cerca el crecimiento de Hernando y ayudarle en sus primeros pasos y en sus primeras palabras. Aquello parecía ser una familia como cualquier otra que en la ciudad había. Un día se lo hice notar preguntándole si no había pensado en establecerse con nosotros y dejar de batallar por una empresa que se hacía difícil de conseguir, según me parecía.

—¿Qué quieres decir? ¿Que deje de luchar por lo que es el objetivo de mi vida; que deje aquello que más sentido ha dado a mi existencia, que abandone algo en lo que príncipes y reyes han creído, por más que su respuesta me haya sido adversa hasta ahora? ¿Eso es lo que quieres?

—Yo también tengo mi proyecto. Y en ese proyecto estáis tú y nuestro hijo.

—Mira, Beatriz, sabes de mi afecto y sabes también que, mientras viva, nada te ha de faltar. Estuve casado, mi esposa murió y sufrí por ello. Desde entonces he tenido por bueno que he de estar solo para hacer aquello en lo que creo. Y eso no es otra cosa que trabajar libremente para este viaje. ¿Lo oyes?, libremente. Creí que me conocías lo suficiente.

Por supuesto que le conocía y que sabía cuál era el orden que ocupaba en el mundo personal del navegante. Primero su aventura, después sus hijos y sus hermanos y seguidamente los reyes y quienes ayuda pudieran prestarle. Y más atrás, yo misma. Hablamos acaloradamente de ello, dio un portazo y se fue. Unas horas más tarde volvió. Ni hablamos ni nos miramos. Al día siguiente las cosas se sucedieron como si nada hubiera pasado, como si no hubiéramos discutido. Fue como si el navegante hubiera arrancado una página amarga de cualquiera de los libros que solía leer. Preferí no hablar nunca más de aquello que nos enfrentó, pero tampoco perdí la esperanza de que al final las cosas fueran como yo deseaba.

Desde entonces, el tiempo fue pasando con normalidad. Las semanas y los meses volaban y el navegante no hacía otra ruta sino aquella que por tierra unía Córdoba con Sevilla, donde le seguían reteniendo sus ocupaciones.

Cuatro días hace que Hernando tiene fiebres. La temperatura es muy elevada. Arde por todo su cuerpo. Nunca antes, ni siquiera cuando los fríos del año anterior, había caído enfermo. El médico me ha mandado que le diera friegas de vinagre y espliego por el pecho y que le ponga paños de agua fría en la frente y en las muñecas. La calentura viene y va tan rápidamente y con tanta violencia, que sus idas y venidas convierten la casa y a mí misma en un cataclismo de gritos y carreras. Cuatro días con sus cuatro noches sin parar en torno al niño. Lloro, sobre todo cuando sé que duerme y no puede sospechar de mis gemidos que haya gravedad en su estado.

Alarmada y temerosa por tan repetidos escalofríos, he llamado al físico Juan Sánchez, de quien dicen que es una eminencia además de ser conocido de Cristóbal y hombre curioso con las cosas de la mar. Sánchez ha reconocido al niño y no ha encontrado motivos para suponer gravedad alguna o peor desenlace, como en algunos momentos llegué a pensar. Me ha recomendado esperar y mantener los cuidados de friegas y paños, así como caldos de carne y verdura fresca para prevenir y actuar antes de que un debilitamiento de su estado haga más difícil la curación. Le pregunté si había, tal vez, rebrotes de alguna epidemia anterior. El horror de la peste pasada se instalaba en mi cabeza. Por eso quise saber si existía, aunque fuera remotamente, la posibilidad de algún mal incipiente del que ni boticarios ni cirujanos tuvieran noción en aquellos días.

—No, no se preocupe. No he encontrado elementos de especial alarma en el estado o en el aspecto del niño. Es cierto que la fiebre es alta. Pero también es verdad que tan elevada calentura no viene acompañada de espasmos o vómitos. Tan sólo tiene tiritonas y..., por supuesto, esa creciente debilidad física que tenemos que atajar cuanto antes –dijo.

–¿No hay nada más que podamos hacer por él?

–Poco y mucho, Beatriz –lo dijo intentando tranquilizarme–. Poco y mucho quiere decir que hemos de mantener el cuidado prescrito y esperar con tranquilidad a que su naturaleza haga el resto. Hace tiempo que apenas llegan especias y medicinas de Oriente. O se encarecen excesivamente por la multiplicación de manos por las que pasan esos productos... Donde antes eran diez o doce intermediarios, ahora son treinta o cuarenta las personas por las que pasa cualquier mercancía hasta llegar a nosotros. Y eso, en el mejor de los casos. Insisto, no debe preocuparse demasiado... Sobre todo espere, tenga paciencia...

–Pero...

–Si quiere, yo mismo puedo acompañarla hasta la botica, voy en esa dirección.

–Sí, será mejor que vaya con usted.

Dejé al niño en compañía de Ana, que se ha convertido en uno de mis primeros apoyos además de un grande consuelo en estos días. Cerré la puerta y acompañé a Juan Sánchez hasta la botica. En el camino insistió en tranquilizarme.

–Entiendo su preocupación. Todas las madres reaccionan de manera parecida ante las enfermedades de los hijos. Son abnegadas hasta el cansancio, pero también se alarman excesivamente y terminan por contagiar miedos sin fundamento a todo el que encuentran a su paso. Supongo sus temores, pero también debe comprender usted que es mejor un poco de tranquilidad, un poco de frialdad, si me permite. Los enfermos son mejor atendidos desde la entereza de ánimo, desde la razón. Y son mal cuidados, por contra, desde la desazón y el desconsuelo.

Apenas le escuchaba. De vez en cuando pronunciaba un sí desvaído para que creyera que aún le prestaba atención. Pero mi cabeza estaba con Hernando... Al llegar a la botica, médico y farmacéutico se saludaron efusivamente.

–¡Leonardo!

–¡Sánchez! ¿Cómo está?

Al reparar en mi presencia, el boticario también me regaló con afecto su saludo.

–Buenas tardes, Beatriz. ¿Qué tal están todos en casa?

–De eso venimos –interrumpió el médico–. El hijo de Beatriz, Hernando, tiene fiebre. Es muy elevada. No hay peligro, creo, de nada especialmente grave. Pero en atención al niño, a la madre y al padre, en estos días ausente, me he permitido indicar infusiones de romero y saúco para nuestro pequeño paciente. Con la esperanza de que el tratamiento mejore su estado y de paso nos tranquilice a todos... No sé si tiene alguna medicina especial para estos casos.

–Pues lo siento –dijo el boticario–, pero no tengo de aquellos ingredientes que venían precedidos por las palabras *indicum*, ni *arabicum* ni tantas otras medicinas de Oriente por culpa de todos los actos de piratería, como ya sabrán. Los turcos tienen asustados a todos los que trabajan la especiería; a quienes la producen y a quienes la compran y transportan... Habrá que hacer caso a Cristóbal y a sus propuestas de navegación.

Sonreí ante lo que entendí como un intento de complicidad por parte de Esbarroya, que, de forma inmediata, invitó al físico a que le acompañara a la rebotica.

–¿Nos disculpa un momento, Beatriz?

Ambos fueron a la parte de atrás del local y al cabo de un rato salieron con un paquetico de hierbas y un sobre con unas semillas.

–Debe hacer una infusión con todo esto –afirmó Sánchez con una leve sonrisa–. Una vez haya colado el líquido, lo guarda en un recipiente. El niño debe tomar un jarrillo de una cuarta después de cada comida. Es mejor que se lo tome caliente. Así el efecto será más rápido. Y ya sabe... Lo mejor es esperar alguna reacción. Hernando es fuerte y saldrá adelante. No se preocupe, de verdad...

De vuelta a casa hice aquello que me indicaron en la botica. Además, envié una nota a Cristóbal, que andaba, según me dijo, trabajando en sus negocios en Sevilla y en la casa del duque de Medinaceli en el Puerto de Santa María. No le expresé mis temores reales, pero le pedí que viniera cuanto antes. Quería que estuviera a mi lado. Quería que su influencia ante tantos amigos cordobeses pudiera servir para que a nuestro hijo no le faltara medicina alguna. Cinco días después de enviar el aviso, llegó el navegante. Lo hizo de madrugada. Se puso en marcha al poco de leer aquellas líneas preocupadas. Llamó con fuerza al portalón y con el rostro demudado preguntó por Hernando...

–Hace semana y media que apenas es capaz de hablar –le dije–. Casi no come y las fiebres van y vienen dejando su cuerpo, tan pequeño, sin fuerzas. A veces no puede mover los dedos siquiera.

Rompí a llorar y me abracé a él. Con sus dedos secó las lágrimas que caían por mi rostro y me acarició mientras me acompañaba hasta la cama donde Hernando dormía.

–¿Qué dicen los médicos? –preguntó.

–Nada, que esperemos.

Se sentó junto al pequeño y tomó su mano derecha.

–Está muy caliente. A primera hora buscaré al médico. ¿Quién lo ha visto?

–Juan Sánchez. Él mismo me acompañó hasta la botica. Me dio esta receta y unas infusiones que ya ha tomado sin que, por el momento, le hayan hecho efecto alguno.

Eran las cuatro de la mañana cuando dejé a padre e hijo juntos en el lecho y levemente alumbrados por la luz de una velilla. Abrazado al pequeño, Cristóbal le hablaba en susurros. Dulcemente le decía que tenía que comer lo que le diéramos, que tenía que hacer un esfuerzo, que él y yo misma le queríamos mucho y que todos ibamos a hacer todo lo posible para que se pusiera bueno. Hernando apenas se movía, pero estoy segura de que escuchaba con atención todo lo que su padre decía. Muy temprano salió hacia la casa de Sánchez, y éste le dio las mismas indicaciones que a mí y le pidió que tuviera paciencia. En aquellos días Cristóbal tomó el trabajo de atender las necesidades del pequeño. Lo hizo con afecto y ternura. Entre ambos limpiábamos la habitación con cuidado de que el polvo no se levantara y le hiciera toser. Mientras yo cocinaba nuestros guisos y los caldos e infusiones para el pequeño, el navegante ponía paños de agua fría y acariciaba las manos de Hernando. Y así, día y noche, durante un par de semanas en que la débil humanidad de nuestro hijo se aferraba casi con fiereza a la vida.

Aquella enfermedad había procurado la presencia de Cristóbal en nuestra casa. Ése fue uno de los períodos de más cercana y amable convivencia entre nosotros. Deseé que Hernando se pusiera bueno. Y en ese desear, también pedí a Dios que hiciera posible que el navegante se quedara en Córdoba. Tuve sueños distintos, hermosos a veces, que viví entrecortados por el pesar de ver al niño tendido, inmóvil, inerte casi durante tanto y tanto tiempo.

Una tarde salí a la calle para comprar en la botica unas medicinas nuevas que el físico había mandado preparar... Fui, como siempre, lo más rápida que pude. Solo me detuve, brevemente, para atender a tres o cuatro vecinas que preguntaron por el niño mientras hacían votos por su pronta mejoría. Recogí el mandado: unas hierbas y unos ungüentos recién llegados de Florencia y que, a decir de Esbarroya, eran lo mejor que había para volver en sí a personas con la conciencia perdida. Eran preparados de un fuerte y penetrante olor y tan caros, que solo podíamos pagarlos gracias a las ayudas que Cristóbal recibía de don Luis de la Cerda.

De vuelta a casa, abrí la puerta y me fui directamente a la cocina para calentar el agua de la infusión. Puse leña nueva sobre las brasas y cuando agarraba el soplillo con mi mano derecha escuché al navegante...

–Beatriz. ¡Ven!

Su voz sonó más fuerte que nunca en esos días. Corrí temiendo lo peor, sin reparar en la olla que caía vertiendo el agua, todavía fría, por el suelo. Llegué al dormitorio.

–Beatriz. ¡Mira!

No podía creerlo. Hernando incorporado en la cama por

fin. Me abracé con ambos y lloré de alegría. Lo peor había pasado. La fuerza del pequeño y los cuidados de su padre habían conseguido que sanara. Desde entonces las visitas de Cristóbal se hicieron más frecuentes y cuando estaba en casa prefería no salir. Aquella vivienda fue convirtiéndose, poco a poco, en el centro habitual de sus tertulias.

Pasaron dos años de paz para nosotros cuando corría el mes de diciembre de 1491. Hernando tenía tres años y su salud era grande. Uno de aquellos días en que el navegante estaba por Córdoba llegó un correo con un mensaje del duque de Medinaceli.

–¿Qué dice? –le pregunté.

–Dice que ya hay acuerdo para la rendición de Granada. Será en la Epifanía. Don Fernando y doña Isabel quieren que la ciudad sea entregada el día de Reyes, pero el acto puede adelantarse unas jornadas. Boabdil tiene miedo de que los nazaríes más intransigentes quieran acabar con él e impedir el acuerdo.

–¿Hace alguna referencia a tu proyecto?

–Sí, ha negociado una nueva cita con Santángel y con Quintanilla en Granada. Todos estarán allí para acompañar a los reyes y a los infantes. Yo también debo ir.

–¿Te ha dado alguna seguridad?

–No, pero ahora estamos más cerca. Granada era el obstáculo fundamental para mí. Quisiera que Hernando y tú vinierais a los actos de rendición...

–Pero es tan pequeño...

–¡Qué más da! Quiero que vengáis.

9

A las puertas del Paraíso

«EN EL JARDÍN PROMETIDO FLUYEN ARROYOS POR
SUS BAJOS, TIENE FRUTOS Y SOMBRAS PERPETUOS.
ÉSE SERÁ EL FIN DE QUIENES TEMIERON A ALLAH.
EL FIN DE LOS INFIELES SERÁ EL FUEGO.»

EL CORÁN

«ÉSTAS SON, SEÑOR, LAS LLAVES DE ESTE PARAÍSO.
ESTA CIUDAD Y REYNO TE ENTREGAMOS PUES
ASÍ LO QUIERE ALLAH.»

BOABDIL, REY DE GRANADA

«É TODAS LAS BANDERAS SE ABAJABAN
CUANDO LA REYNA PASABA.»

BERNÁLDEZ, CURA DE LOS PALACIOS

Hacía frío. El sol iluminaba las cumbres de Sierra Nevada en aquella mañana del mes de enero. Había empezado el nuevo año y el viento, ahora más fuerte, nos helaba la piel. Allí, frente a Granada, empezaba a vivir aquel día único que iba a marcar, de mejor o peor manera, el futuro de nuestras vidas, la del navegante y la mía propia, de un modo que entonces aún era incapaz de advertir.

Rompí con una piedra el hielo que cubría el abrevadero y removí el agua para que pudieran beber las bestias que nos habían llevado hasta la ciudad nueva de Santa Fe. Había viajado con Hernando a Granada en dos mulas que Cristóbal, avisado del acuerdo de rendición, había puesto a nuestro servicio. Había negociado también nuestro hospedaje en una casa de Santa Fe que antes sirvió de asiento y acomodo a dos capitanes del valeroso conde de Cabra. Hoy la estancia estaba vacía, ordenada y limpia. Todo como Cristóbal había dicho en carta. La mujer que abrió la puerta nos explicó que fue la propia reina quien ordenó la construcción de estas viviendas con sus calles y plazas, después de que ella misma pasara un buen susto en el incendio de la tienda que habitaba. Todo parecía ser fruto de la mala fortuna, por más que algunos llegaran a pensar en un intento de asesinato. Finalmente, el adobe, la piedra y los ladrillos dieron su adiós al campamento que durante años dio cerco y asedio a los moros de la Alhambra.

Aquella gélida mañana de enero el rey mandó llamar a los esclavos cristianos que Boabdil acababa de liberar. Eran casi seiscientas personas de todas las edades. Hombres, mujeres, niños o ancianos, todos mugrientos y malolientes. Tanto despojo había en ellos que, a buen seguro, más de una vez pasó por la cabeza de nuestro rey don Fernando volver a las armas y atacar y desangrar a quienes tan mal habían tratado a aquellos pobres... Contenida la furia de su pensamiento y aplacado el corazón tan herido con la visión de gentes tan desposeídas, amarillentas y descuidadas, mandó que les fueran serrados grilletes y cadenas, mientras evitaba que le besaran las calzas, como algunos de esos desdichados pretendían. Mandó también que fueran alimentados como buenos siervos que eran de la corte, quienes más que comer engullían con ansia deshaciendo a dentelladas la carne asada para ellos. Y bebieron el agua como si de un desierto de arena acabaran de salir. Recibieron por vestido los albornoces blancos de la guardia nazarí ahora rendida y don Fernando, el buen rey, les prometió que en pasando cuatro días todos ellos habrían de encabezar la procesión oficial por la rendición de Granada. Y así fue.

Estábamos a menos de treinta o cuarenta pasos de donde la reina nuestra señora seguía sonriente la cabalgata del rey. Se escuchaban limpios y fuertes los gritos de los caballeros.

—¡Granada por doña Isabel y don Fernando!

El reino de Boabdil ya era cosa de Castilla. Una muchedumbre recorría tumultuosa la ciudad, mientras los moros del Albaicín acogían felices el final de diez años de lucha, de batallas, de fuego de bombarda. Terminaban la guerra y el asedio, los asaltos, los incendios de las cosechas. Cristóbal quería compartir con nosotros ese momento, la toma de Granada, que para él sería el comienzo de nuevas esperanzas para su aventura. El navegante deseaba presenciar el final de un período y el principio de otro que, según aseguraba, le sería propicio, y quería que su hijo Hernando y yo misma viajáramos hasta allí aunque hubiéramos de estar separados, él cerca de los reyes, y nosotros en los sitiales reservados a otros invitados de la corte. Teníamos lugares preferentes pero lejos de los nobles. De cualquier manera, todos pudimos vivir la espectacular entrega del Reino de Granada a los reyes de Castilla y Aragón, así como el gran desfile que cerró esos actos en la jornada de la Epifanía.

–¿Quiénes son ésos? –preguntaba Hernando al ver a centenares de personas que, con grilletes de hierro en las manos, cantaban sus letanías.

Le conté, aun sin saber si era capaz de entenderme, que eran los esclavos liberados días antes y a los que el rey había pedido que abrieran la comitiva. Eran soldados de Castilla tomados presos en batalla y mujeres inocentes y niños incluso, secuestrados por los moros en las batidas por las aldeas durante las guerras de Baza o de Motril.

Tras ellos apareció escoltado por la caballería el príncipe Juan vestido en oros. Doce años tenía el infante y portaba la espada de caballero con la que había sido armado unos días antes. Con él, el cardenal Mendoza. Detrás se incorporó la reina nuestra señora doña Isabel en tiro de mulas enjaezadas por la Guardia de moros de la reina Aixa. Cerraba la procesión el rey don Fernando a caballo y acompañado de sus nobles, de los guerreros más destacados, escoltado por quienes habían doblegado a los mahometanos... El griterío crecía.

–¡Vivan los reyes!

Pedí a un hombre que tuviera la bondad de alzar a Hernando para que, sobre el gentío, aún en la grada, pudiera ver la entrada de la comitiva por la puerta de Elvira. Colocó al niño sobre sus hombros y ambos rieron. Yo también lo hice mientras buscaba entre las filas de invitados de la corte a Cristóbal, que repartía sus miradas entre nosotros y la cabalgata de la conquista.

Una vez los reyes entraron en la Alhambra, Hernando y yo fuimos, pesadamente entre la muchedumbre, hacia la casa de Santa Fe. Quise llegar a tiempo de preparar cena y esperar el regreso de Cristóbal, con quien todavía no habíamos podido abrazarnos. El niño preguntó por muchas de las personas y cosas que habíamos visto. Por la reina, por el rey, le llamó especialmente la atención el ropaje del cardenal Mendoza, vestido de seda roja con jubón blanco adornado en pedrería y con sombrero carmesí de ala ancha. Montaba caballo blanco embutido en gualdrapa morada y blanca, con riendas de piel y bordados de plata.

–¿Y quién manda más, los reyes o ese hombre? –preguntaba Hernando.

Hablamos largo tiempo de los reyes, de los nobles y del príncipe Juan, tan niño todavía que, entre sus padres, recibía el afecto y la felicitación de los nobles por la conquista del último de los reinos moros.

–Un día, don Juan será rey –le dije.

–¿Se morirán los reyes?

–Claro, el tiempo pasa para todos. También para ellos. Y será su hijo quien reine en Castilla. Y será un buen rey, ya lo verás.

Seguimos hablando de los soldados, de los caballos enjaezados y apostados de espaldas al Genil. De la vega de Granada, de los vestidos de los moros y sobre todo de Boabdil, el nazarí que tanto luchó e intrigó para mantener la posesión de su reino. En Granada se contaba en aquellos días que el padre de Boabdil, Abú Hassán, repudió a su madre, Aixa, y que encerró a ambos en una de las torres de la Alhambra, para tranquilamente unirse a una hermosa cristiana llamada Isabel de Solís. Cuentan que Boabdil consiguió escapar y que nunca dejó de luchar contra su progenitor. Estuvo unido a su madre hasta el final de sus días.

Habíamos visto de lejos al rey de los nazaríes, vestido de marlota, turbante y calzas de cuero de cordobán, entregando las llaves de la ciudad a don Fernando.

–Y ahora, ¿qué va a hacer el rey moro? –preguntó Hernando con la evidencia ya del sueño en sus ojos.

Mientras el niño se dormía, recordé algo que Colón me había contado sobre el acuerdo de rendición. Los reyes no veían con malos ojos la permanencia de Boabdil en Castilla y tendría derecho a mantener algunas posesiones lejos de Granada: tierras, un palacio y una renta anual de varios millones de maravedíes con los que hacer frente a los gastos de esa corona sin súbditos ni reino. Recordé al navegante siempre tan pendiente de Boabdil, siempre deseando su derrota y su destierro. Granada y Boabdil eran el último obstáculo. La conquista del reino moro siempre fue excusa de los reyes para aplazar un día y otro el viaje de Cristóbal a las Indias. Ahora, con la rendición, todo puede cambiar. Los reyes pueden tomar en cuenta las recomendaciones que muchos nobles hacen del navegante, para que éste pueda irse a través del Océano Tenebroso. Se irá lejos de nosotros. De mí. Y temo que ese alejamiento haya comenzado ya, aquí en Granada.

Hoy mismo, como si se tratara de una premonición, le he visto distante, como si en su cuerpo se hubiera instalado otra persona que nada tuviera que ver con Hernando o conmigo misma. Nos miraba; sí, lo hacía desde los sitiales que ocupaba, pero su mente estaba al otro lado de la Torre de Comares. Su corazón ya estaba apartado de nosotros; estaba con quienes acompañaban a los reyes, junto a nobles y prelados.

Le vi en animada charla con Quintanilla. Ese hombre miembro del Consejo Real, que tanto aprecio le mostró antaño, le sonreía y le tomaba por el hombro. Después nada supimos de él. Hernando y yo volvimos solos a la casa de Santa Fe y hemos esperado hasta quedar rendidos sin que él hiciera por vernos.

10

Un tormentoso camino

> «LAS COSAS SUPLICADAS Y QUE VUESTRAS ALTEZAS DAN Y OTORGAN A DON CRISTÓBAL COLÓN EN ALGUNA SATISFACCIÓN DE LO QUE HA DESCUBIERTO EN LAS MARES OCÉANAS Y DEL VIAJE QUE AGORA CON LA AYUDA DE DIOS HA DE FAÇER POR ELLAS.»
>
> CAPITULACIONES DE SANTA FE
> 17 DE ABRIL DE 1492

Nunca antes había sentido al navegante tan distante de mí. Nunca. Ni siquiera en sus largos e interminables períodos de residencia en Sevilla, ni en sus viajes incontables persiguiendo el favor y el aprecio de la corona. Nunca antes había experimentado esta sensación de abandono, de dramático apartamiento, de ausencia. Iniciamos mi Hernando y yo el regreso a Córdoba tan solos como a Granada fuimos, sin haber sido capaces de cruzar una sola palabra con Cristóbal. Lo que hubo de decirnos lo dijo a través de emisarios que me trataron como sirvienta del navegante y no como madre de su hijo.

En una ocasión, cuando llegó un tal Remírez a decirnos que nuestra estancia ya había sido pagada y que debíamos regresar a Córdoba, estuve a punto de utilizar la palabra «esposo» al preguntar si Cristóbal había dejado nota alguna para nosotros. No lo hice y ahora me duele haber callado. Habría sido un leve signo de rebeldía personal frente a tanto temor suyo a un compromiso público para conmigo. Habría sido, tal vez, una forma de pequeña venganza ante esa constante negación de mi propia existencia. Y no lo hice. Me limité a preguntar la fecha en que el navegante tenía previsto abandonar Granada.

–No lo sé –dijo el hombre–. Creo que aún estará unos días atando cabos sobre no sé qué empresa que trae entre manos, como usted debe saber mejor que yo.

Apenas le respondí. Hice solo un gesto con la cabeza, tomé las riendas de las mulas que aún estaban a nuestra disposición, subí a Hernando sobre una de ellas y nos unimos a la caravana que desde Granada partía hacia Córdoba, Sevilla, Antequera o Cádiz. La mayoría de sus integrantes eran gentes, hombres al servicio de la corona que habían hecho el mismo viaje que nosotros para estar presentes en la rendición. Con su compaña se nos hizo más llevadero aquel retorno tortuoso, en el que pesaban más los males del pensamiento que el infierno de las nieves, lluvias y barrizales que Dios había preparado para tan triste vuelta.

En medio de ese penar, Hernando no hacía sino preguntar por el tiempo que faltaba para llegar o por el paradero de su padre. Me resultaba insoportable aquella cantinela. Tanto, que le reprendí con fuerza, con tanta vehemencia que a punto estuve de pegarle de no ser porque en ese momento nuestros compañeros de viaje –alertados por mi voz iracunda– miraban curiosos hacia donde nosotros estábamos. Disimuladamente, consolé al niño, que ya rompía a llorar, y seguimos carril adelante rezando a Nuestro Señor para que hiciera más benigno el largo tramo que aún faltaba para llegar a casa.

Al fin llegamos pero el destino tenía reservados mayores y largos sufrimientos. Pasaron varias semanas de quemadero interior, de pena, que solo olvidaba tomando más trabajo de costura del que era capaz de terminar. A veces alternaba el tiempo de bordados con horas en el lavadero, o con la tarea de sacar luz, casi, al suelo de tierra de la casa. Todo con tal de pensar en la nada y caer rendida sobre el lecho. En esos días Ana y Catalina, una sobrina lejana, me fueron de gran ayuda para mantener a Hernando entretenido y alejado de mí, inmersa como estaba en tan febril actividad, luchando como luchaba para evitar que negras y confusas ideas llegaran a mi cabeza.

Los días pasaron lentamente. El invierno quería marcharse y algún tímido anuncio de primavera llenaba de luz y aromas las calles cordobesas. Yo, por contra, me sentía cada vez peor. Tuve tal azote de melancolía que había mañanas en que no tuve fuerzas siquiera para levantarme.

Durante jornadas enteras permanecí acostada entre sudores y con una tremenda presión sobre el pecho. Abrazada a mí misma, entré en tal desazón que nada podía satisfacerme. Comía sin control hogazas enteras de pan, verduras y chacina. Otros días los pasaba sin comer alimento alguno por cuanto mi boca era incapaz de masticar siquiera.

En algún momento de cierta lucidez trataba de explicarme aquel estado de muerte en vida y culpaba al navegante, a su falta de amor como causa de ese infortunio. Yo misma me animaba para hacer un esfuerzo, dejar aquella tristeza y combatir, en suma, tal estado de cosas que tanto maltrataba a mi cuerpo y a mi alma. Otras veces me dejaba llevar por la amargura esperando un golpe mágico que me arrancara de la tierra. Nadie sabe cuánto sufrí y cuánto bregué sin conseguir más que hundirme poco a poco en el desaliento.

Ana y Catalina decidieron avisar a mi tío Rodrigo y a su esposa. Nada más tener conocimiento de aquel estado mío, acudieron mañana y tarde hasta mi casa. Apenas se apartaron de mi lado. Avisaron al médico, que me recetó unas infusiones de hojas de tilo y flores de manzanilla para que el agobio y el quebranto abandonaran mi alma. Ordenó también que me dieran frutas y verduras, y mi tío se llegó hasta Santa María de Trassierra para recoger de sus huertas un cargamento de pimientos, alcachofas, peras y naranjas con que levantar mi ánimo. Pasadas dos semanas, prefirieron llevarme a su casa y seguir más de cerca todavía los cuidados sobre mí y la educación de Hernando.

Tanta dedicación obró por fin el milagro. Fui mejorando rápidamente. Hasta el punto de que antes de mediar el mes de abril, bastante repuesta y con la alegría de nuevo en el rostro, pude abandonar el domicilio de mis tíos dándoles gracias por su acogimiento y su dedicación. Recibí visita de amigas que, enteradas de aquel decaimiento, se alegraron sinceramente de mi renovada lozanía.

Y un día, cuando ya no le esperaba, apareció el navegante. Su presencia en la puerta, su llegada sin aviso y su mirada me dejaron sin respiración. El corazón amenazaba con partir mi pecho y apenas pude esbozar un leve saludo y dejar que me abrazara y me besara cuanto quisiera mientras yo recobraba el pulso, el aliento y la memoria. Parecía otro. Hablaba sin parar y, más que estrechar, estrujaba a Hernando contra su cuerpo. Yo le miraba fijamente sin esbozar sonrisa o descontento. Ni preguntó por el tiempo pasado, ni dio explicaciones de su desatención para con nosotros. A punto estuve de gritar, de mandarle parar en tanto besuqueo y contarle cuánto pesar había tenido en los dos meses anteriores. Como si entendiera que no merecía la pena, preferí callar y escuchar las cosas que venía a contarnos.

—Los reyes han decidido apoyar mi viaje a las Indias. Por fin –dijo.

No respondí. El tiempo pasado me había dejado sin curiosidad acerca de los negocios del navegante. Mentiría si dijera que no me alegraba de este éxito tanto tiempo perseguido. Pero en aquellos instantes no pude sino responder con frialdad, como si ya nada de aquellos avatares fuera conmigo.

—Hubo tantas dificultades –prosiguió– que yo mismo abandoné la negociación y salí de Santa Fe. Solo la convicción de Luis de Santángel y de Alonso de Quintanilla hizo doblegar la voluntad de otros consejeros de la reina para volverla en mi favor... Uno y otro siempre me habían dado muestras de afecto cuando solo encontraba burla y chacota en derredor de mí. Cuando ya afligido me regresaba a Córdoba, un emisario me paró en el Puente de Pinos. Mantuve mis condiciones y, a la vuelta, encontré un documento redactado de acuerdo con lo pedido...

Sacó unos papeles, los extendió sobre la mesa y me fue mostrando algunos de sus párrafos.

«VUESTRAS ALTEZAS, COMO SEÑORES QUE SON DE LAS DICHAS MARES OCÉANAS, HACEN DESDE AHORA AL DICHO CRISTÓBAL COLÓN SU ALMIRANTE EN AQUELLAS ISLAS Y TIERRAS FIRMES...»

Había conseguido hacerse nombrar Almirante de Castilla. Y no solo eso, aquellos papeles firmados por don Fernando y doña Isabel garantizaban al navegante una décima parte de las perlas, oro, plata, piedras preciosas y especiería una vez quitadas las costas. Aun leyendo aquello y viendo su desbordada alegría, fui incapaz de salir de aquel estado de desconfianza en que me encontraba por su silencio y su ausencia. Frente a su alegría y vitalidad renovadas, andaba yo en frialdad y pensando cuántos secretos debió de compartir con la reina y sus consejeros para que le dieran tanta parte en ese negocio. Por primera vez tuve como cierto aquel rumor que por Córdoba corría sobre la existencia de un marino, que, al punto de morir en una playa de Azores, entregó a Cristóbal cartas de marear y derrotas precisas con las que llegar desde Canarias a Cypango y a otras islas de las Indias.

Quién sabe si el navegante había mostrado a los reyes esas supuestas cartas y quién sabe si fue capaz incluso de afirmar que ya había estado en aquellos lejanos lugares. Y en cualquier caso, qué más da. Puede ser también que la ayuda real fuera la fórmula encontrada por el Consejo para quitarse de encima a un extranjero quimérico y estomagante que anduvo prendido de las coronas con proyectos absurdos e irrealizables. ¡Qué sé yo!

Poco me importaba. En otra situación habría compartido con él tanta alegría. Pero mi desasosiego me impedía seguir su relato en torrentera. Su emoción, lejos de extraer mi contento, me hizo sentir como un pequeño rebrote de mi pasada enfermedad. Por unos instantes la presión se instaló en mi pecho a tal extremo, que temí seriamente la repetición de aquellos malos padeceres. Seguí escuchando y me dejé abrazar y besar sin que mi piel sintiera el calor de antes. Yací con él por no hacer el esfuerzo de negarme y su retozar fue tan poco placentero para mí que él, por fin, reparó en mi estado. Sin que yo exigiera explicación alguna, el navegante me pidió perdones cientos por no enviar correo.

–He estado muy nervioso, Beatriz. Mucho. No te imaginas cuán tensas han sido las relaciones con algunos consejeros del Reino. Sé que podía haberte dado alguna noticia y no lo hice. Tal vez fue así porque tendemos a descuidar a aquellos a quienes por seguros tenemos.

–Creo que debería ser al revés. Creo que deberíamos cuidar y atender más a quienes en verdad nos dan su afecto y no a quienes son amigos de circunstancia.

Siguió hablando y acariciándome. Siempre tuve la sensación de que, inmerso como estaba en sus empresas descubridoras, nunca entendió ni sospechó de mis pasadas desazones.

En días posteriores yo seguí en aquel enfriamiento de mi espíritu. Cuidé de nuestro hijo y de nuestra casa con la vaga sensación de que la vida de Cristóbal había iniciado un nuevo camino. Algo que, siendo sincera, no me preocupaba ya demasiado. Sin embargo, una propuesta suya vino a revolver mi ánimo. Poco antes de partir hacia Palos para dar orden de preparar barcos y alistar tripulantes, vino a pedirme que atendiera, durante el viaje, a su hijo Diego. Él mismo haría que lo trajeran desde Huelva.

–Es bueno que los hermanos se críen juntos –dijo.

–Lo es –respondí–. No dudes que lo educaré como si mío fuera.

Entendía que aquello era, sin serlo oficialmente, una especie de compromiso para conmigo. No quise preguntarle y poco a poco empecé a construir en mi pensamiento la idea de una boda postrera a su navegación. Imaginé la llegada de Diego con la emoción con que una madre espera la vuelta de un hijo. Y poco a poco fui refiriendo a Hernando, para su contento, la existencia de ese hermano nunca visto antes y que ahora compartiría casa y mesa con él... Aquella propuesta, aquella petición me fue llenando de una alegría creciente. Fui haciendo pequeños cambios para mejor recibir a ese mocetón de casi doce años que viviría con nosotros durante mucho tiempo. Varios días pasé enjalbegando el patio, reforzando los palos del gallinero y limpiando a fondo los fogones. Preparé ropa nueva de cama y remendé viejas camisas de Cristóbal al suponer que Diego vendría con equipaje escaso. Mientras yo estaba en tales quehaceres, el navegante centraba su atención en el viaje que tenía por delante; tomaba notas y más notas y miraba al cielo como implorando la ayuda de Nuestro Señor.

11

¿Acaso no hay hombres en Castilla?

> «AMIGOS, ANDAD ACÁ, YOS CON NOSOTROS ESTA JORNADA, QUE ANDAYS AQUÍ MISIEREANDO, YOS ESTA JORNADA QUE AVEMOS DE DESCUBRIR TIERRA CON LA AYUDA DE DIOS, QUE SEGUND FAMA AVEMOS DE FALLAR LAS CASAS CON TEJAS DE ORO E TODOS VERNEYS RRICOS É DE BUENA VENTURA.»
>
> MARTÍN ALONSO PINZÓN

Es curioso, pero ahora que ya tiene la aprobación de nuestros reyes para su viaje a las Indias, es cuando más remiso se muestra a salir de casa. Se sienta al fresco en el patio y sobre la recia mesa de las matanzas hace cuentas y estudia cartas y derrotas. En un papel de una cuarta va apuntando las personas, vituallas y herramientas que necesita para tan largo periplo. A un lado, a la izquierda, reseña las cantidades de agua, vino, salazones y animales vivos como piensa llevar para alimento de sus hombres... En el margen derecho escribe una relación de regalos, baratijas, collares de cuentas y hasta cascabeles para regalar a los habitantes de las islas que rodean Cypango, que es el primer punto al que piensa deben arribar. Considera que su viaje no es solo navegación de aventura, sino embajada de las dos coronas y como tal quiere servir a nuevas y estrechas relaciones con los pobladores de aquellas tierras. Entre los papeles que lleva con él hay unos documentos muy especiales, unas cartas de don Fernando para el Gran Khan, rey y señor de Cathay, y para otros príncipes de las Indias, entre ellos un tal Preste Juan, gobernante de dominios orientales, y para los descendientes del Gran Tamorlán. Escritos son todos estos que Cristóbal repasa y relee una y otra vez.

No deja el navegante ningún detalle al azar y anota las necesidades de la expedición. En silencio trabaja sin cesar, hasta que el cansancio y el calor del mediodía le dejan sumergido en una especie de soñarrera en la que sestea hasta que llamo su atención para que tome algún alimento. Le noto satisfecho. A veces preocupado también, pero sin abandonar esa tranquilidad de quien está seguro de andar por el camino correcto. Esta satisfacción suya se ve alimentada por más motivos que el apoyo de la corte y la cercanía del viaje. Entre ellos, el saber que sus dos hijos estarán juntos en la misma casa, conociéndose y queriéndose como hermanos que son. También contribuyen a su contento los amigos que, alguna vez, vienen a visitarlo y con quienes habla, rememora y revive el fondo y forma de sus entrevistas pasadas con los reyes; también les confía cuanto hace un tal Martín Alonso Pinzón, viejo amigo de fray Antonio de Marchena, para poner a punto las naves y para reclutar a tantos hombres como son necesarios para tan larga aventura... Todas ellas son circunstancias que hacen de éste uno de los tiempos más felices y serenos en la vida del navegante.

Disfruta con las noticias que llegan de Palos y que indican que, aun en medio de las dificultades, cada vez hay más hombres dispuestos a darse a la vela. Entre ellos está mi primo Diego de Harana, que será, sin duda alguna, el más fiel de sus tripulantes. Siempre acudió a las tertulias en la botica de Esbarroya y ha sido su gran apoyo en los momentos de mayor dificultad para el proyecto. Ha sido su amigo y a veces su criado casi, de tantos servicios como estaba y está dispuesto a hacer por él. Todo, con tal de acompañarle en un viaje en el que, en ocasiones, llegó a tener más fe que el propio Cristóbal.

Hoy Diego ha venido a casa para saludarnos. Llegó cuando más calor hacía en la ciudad. Venía sudando a chorros; y eso que hizo el camino de la judería, la única vía que por su estrechez y sus corrientes de aire permite un cierto pasar en este final de junio tan ardiente. Llamó a la puerta con la misma energía, si no más, que cuando vivíamos juntos en casa de sus padres. Me abrazó con fuerza y besó mis mejillas mientras sus labios y sus ojos sonreían de tanta alegría como mostraba por verme.

–Ya sabes que voy a las Indias –dijo.

–Lo sé y me alegro. Soy feliz por ambos, por ti y por Cristóbal. Así, uno y otro podréis cuidaros mutuamente y animaros si las cosas no van saliendo todo lo bien que deseáis, o para felicitaros sinceramente cuando el éxito os llegue. Ruego a Dios –dije– para que todo salga de la mejor manera.

Al oír la voz de mi primo, Hernando salió a recibirle; lo hizo corriendo y de un salto se agarró al cuello de su tío. Al punto salió Cristóbal y los dos hombres se fundieron en un largo y emocionado abrazo, de tanto como uno y otro se apreciaban. Mandé al pequeño que me acompañara a la cocina. Desde allí podía verlos sentados en el zaguán. Qué buen par de amigos y cuánto equilibrio había entrambos cuando juntos estaban. La inteligencia tenaz pero también pausada de Cristóbal era alentada por el entusiasmo de Diego. Y la furia, desbocada a veces de éste, era contenida y conducida por la sensatez de aquél. Cuando Cristóbal se venía abajo, que Dios bien sabe cuántas veces desfondaba su corazón por tantos sinsabores como tuvo en sus negocios, venía Diego en darle fuerzas y en alzar su ánimo doblegado. Cuantas veces fue necesario, acudió mi primo a Sevilla, Jaén, a Palos o Alcalá; donde hiciera falta para acompañar y apoyar sus proyectos de los que tanto ya sabía por tantas cosas como había escuchado.

En los últimos tiempos Diego de Harana ha vivido para la aventura trazada por el navegante. Creo, incluso, que los dos años pasados en la Santa Hermandad han sido para mi primo un tiempo de adiestramiento, de preparación para la responsabilidad que, según creo saber, ha de tener en el futuro. Habla de apresamientos de rufianes y bandidos como si de un juego de guerra se tratara, como intentando reafirmar a Cristóbal en su decisión ya tomada de nombrarle alguacil de la Nao Capitana y, por tanto, hombre de su más directa y plena confianza. Los miro desde mi puesto en los fogones, les veo conversar entre risas imparables como si fueran más niños aún que Hernando.

Con la comida lista, unos y otros acuden a la mesa. Me pide Cristóbal que sirva primero a Diego de Harana, quien alaba mi guiso al decir que sabe como el de su madre, la tía Constanza que en paz descanse.

–Sabes, Beatriz –dice Diego–, he estado en Palos con Martín Alonso Pinzón y las naves ya están preparadas, a falta de algunos pequeños detalles, para que nos hagamos a la mar. Son dos carabelas.

–¿No eran tres? –pregunté.

–Sí –respondió el navegante–. Son tres. Dos empiezan a ser construidas en Palos. Pero habrá una algo mayor, una nao que es propiedad de un marino y cartógrafo del Cantábrico al que llaman Juan de la Cosa. Un hombre y un barco que son expertos, según parece, en mares procelosos, revueltos... Serán tres naves y espero que podamos salir antes de que termine el mes de julio, si es que para entonces hemos conseguido atraer las voluntades de ochenta o noventa hombres que necesitamos. Creo que los hermanos Pinzón han convencido a varios de los marinos que para ellos trabajan. Dios permita que nos sigan todos por propia voluntad y que no tengamos que acoger a convictos que quieran expiar sus penas con la travesía.

–Deben ser profesionales de la marinería –terció Diego de Harana–. Y hombres con mucho valor, capaces de arriesgar. Hombres sabedores de que pueden cambiar su vida con esta navegación. No bárbaros delincuentes que luego, ya en alta mar, se conviertan en seres más molestos y dañinos que los peligros naturales del océano.

Y así conversando se alargó la comida y se alargó la tarde. Quiso Diego que el navegante contara viejas historias de viajeros, historias reales como la de aquellos hermanos Nicolás y Maffeo Polo, y el audaz sobrino de éstos, Marco. Relatos de aventureros empeñados en buscar nuevas rutas para la seda, el oro y las piedras preciosas a través de Egipto, Arabia o Siria.

Animado por mi primo, Cristóbal hablaba ya sin tasa, reía y a veces hasta parecía llorar. Gestigulaba como un cómico y añadía detalles de su invención a los muchos episodios como había escuchado y aprendido en su tierra de Génova. Hernando se quedaba ensimismado. Absorto, casi ausente y aun sin entender muchas cosas, clavaba en su padre sus enormes ojos azules. La sonrisa se hacía dueña de sus labios y el cuerpo ni se movía mientras entrecruzaba sus dedos nerviosos.

–Los otomanos –decía Cristóbal– no se detendrán. Quieren controlar el comercio entre Oriente y Occidente. Nos obligan a buscar nuevas rutas ya sea atravesando África o en línea recta por el oeste, directamente por el mar hasta la costa oriental de las Indias. El obstáculo es el océano, pero las Indias están mucho más cerca de lo que imagináis. No podemos aguantar que sigan sucediendo terribles desgracias como la que sufrieron los tripulantes del Reina del Mar hace dos años frente a la ciudad de Anemur.

–¿Qué pasó? –pregunté.

Tomó un tiempo, bebió un poco de agua y se secó los labios con la manga derecha de su jubón... Su rostro parecía pedirnos un poco más de atención y, casi a la vez, todos nos acercamos un poco más, como si fuéramos a ser partícipes de un extraordinario secreto.

–Mirad –dijo, iniciando por fin su relato–. Fue un día de agosto cuando los piratas turcos acabaron con los tripulantes del Reina del Mar en un santiamén. Solo cuatro días antes habían salido de Antioquía con buen cargamento y mejor viento. El sol se perdía por la proa en el horizonte cuando se encontraban equidistantes entre Chipre y la costa continental. El capitán, Ángel de las Cuevas, paseaba tranquilo y departía con la marinería cuando el vigía dio voz de alerta a toda la galera. La nave, de tres palos y gran velamen, era protegida por veinte ballesteros. Cuatro culebrinas, dos bombardas y dos morteros estaban montados a babor y estribor. La tripulación iba armada con lanzas, espadas y garfios. Pocos barcos mercadean de manera tan segura. Pero aquella noche, su final estaba escrito.

Suavizó el tono de la voz, casi en un susurro. Bajó la cabeza y entornó los ojos; luego continuó:

–Se hizo el silencio y todos miraron en derredor. De pronto, una nave, otra y otra. Eran turcas. Menores en hechuras que el Reina del Mar, pero eran tres barcos infestados de piratas. «¡Hay que huir por occidente! ¡A toda vela!», gritó el capitán. Y la tripulación, como un solo hombre, obedeció las órdenes sin rechistar. Pero los turcos, en goletas más ligeras, les alcanzaban... Lanzaron las flechas con su extremo encendido en pez. Las velas de los nuestros... ¡Oh, Dios!, incendiadas. A las órdenes de ¡fuego! la galera respondía con explosiones de sus culebrinas y cañones. Pero las naves otomanas, más rápidas, les dieron caza. Por babor y de forma sorprendente, la primera nao mora se estrellaba. De seguida, otra arremetía por la amura de estribor. Y la tercera de frente, contra la proa. Centenares de piratas estaban ya a bordo. La lucha era cruel. Con el barco en llamas, los turcos degollaban sin piedad y por la espalda a aquellos pobres cristianos. La cubierta calafateada ardía y los hombres, muertos o heridos, teas semejaban. El olor a carne quemada se hacía insoportable, mientras una nube de humo ascendía hasta el cielo. Gritos, gemidos de dolor y de agonía. Solo salvaron la vida los más jóvenes, apresados para ser usados, para servir de silenciosos efebos a la cruel marinería otomana.

»Uno de los presos, Juan Hernández, de solo quince años, pudo escapar, ya en tierra, de su cautiverio. Pasadas unas semanas unió sus fuerzas, y quién sabe si sus lloros también, a una caravana napolitana que, camino de Siria, provenía de Estambul. Hernández contó, a quien quiso o pudo escucharle, el relato de aquella terrible batalla frente a Turquía.

Aquel cuento nos dejó mudos y con el alma en vilo. El silencio se hizo dueño de nosotros y Cristóbal prefirió hablar de otras cuestiones. Historias más alegres y, tal vez, más inciertas. A él le gustaba mucho evocar la ruta de la seda, el camino de las especias..., pero aún más le satisfacía contarnos relatos de aquellos personajes a los que llamaba nuestros antípodas.

–Mirad –decía tomando una naranja en su mano izquierda–. Al ser la Tierra redonda hay personas que andan cabeza abajo con los pies pegados al suelo y suspendidos de ellos como si una fuerza los atrajera. Son los antípodas o... nuestros antípodas, porque para quienes viven en el lado opuesto al nuestro, los antípodas, sus antípodas, somos nosotros. Y para ellos andamos de lado o boca abajo, según se mire. Y también vamos enganchados o suspendidos por los pies en tierra firme.

Al navegante le gustaba entretenernos haciéndonos suponer a gentes que anduvieran cabeza abajo. Nosotros, Hernando y yo, celebrábamos mucho aquellos cuentos aunque, las más de las veces, nuestras entendederas fueran escasas... En otras ocasiones recordaba historias de caballos alados que recorrían las tierras de Persia, o de aquellos seres, mitad hombres mitad equinos, que con un ojo en la frente poblaron por millares las llanuras macedonias. O leyendas de mujeres con cuerpo de pez que incitaban a los marinos con preguntas insinuantes y a veces groseras. Sirenas eran llamadas que, con cantos, atraían a los navegantes para llevarlos hasta el fondo del mar, donde quedaban por los siglos de los siglos... O seres unicornios, con asta de marfil en la frente y cuerpo mitad hombre mitad gamo, que subían montes para atrapar con sus bocas las bayas de los quejigos.

En los minutos siguientes se mostró más comunicativo que nunca. Nos contó, por ejemplo, los innumerables datos que tenía para confiar en la existencia de tierra al oeste y más cerca de lo que nadie pudiera creer.

—Muchos pescadores han recogido trozos de madera labrada con artes desconocidas en esta parte del mundo. Son piezas —siguió— que llegaron en días posteriores a violentos oleajes. Sobre todo, en invierno. Los navegantes portugueses siempre han pensado que más allá de su litoral puede haber otra civilización.

Mi primo Diego de Harana se despidió algo cansado después de escuchar tantos relatos como el navegante quiso regalarnos aquella noche. Ya en la cama, Cristóbal tardó más que de costumbre en quedarse dormido. En medio de un sueño intranquilo dio vueltas y más vueltas. Sudaba. Me despertó en varias ocasiones y al canto del gallo ambos nos descubrimos en vela. Hernando dormía.

Casi dos meses han pasado de aquello. Pocos días después, el navegante salió de la casa ofreciendo caricias y besos. Antes de que cerrara la puerta, me dijo que haría el encargo de que alguien acompañara a su hijo Diego hasta ésta su futura morada cordobesa. Y aún hizo el último esfuerzo para que estuviera tranquila en su partida.

–Todo irá bien, te lo aseguro –dijo, mientras tomaba el estribo para subir al caballo.

12

A levante por poniente

> «PARTIMOS VIERNES TRES DÍAS DE AGOSTO DE 1492 AÑOS, DE LA BARRA DE SALTES Á LAS OCHO HORAS. ANDUVIMOS CON FUERTE VIRAZÓN HASTA EL PONER DEL SOL HACIA EL SUR SESENTA MILLAS QUE SON QUINCE LEGUAS; DESPUÉS AL SUDUESTE Y AL SUR CUARTA DEL SURUESTE, QUE ERA EL CAMINO PARA LAS CANARIAS.»
>
> CRISTÓBAL COLÓN

Pocas sorpresas se esperan en horas tan tardías, pero al final de aquella jornada de agosto, alguien llamó a la puerta rompiendo la monotonía cotidiana del estío. Todo era tranquilo y aburrido hasta ese momento; el sol dejábase caer a lo lejos y las tonalidades ardientes de las nubes anunciaban el pronto llegar de la noche. Hernando apuraba los últimos instantes de juegos en la calle; se acercaban la recogida, la cena y el sueño. En eso que sonaron tres golpes secos. Abrí la puerta. Era la llamada de un mensajero a quien acompañaba un jovencito. No había duda, era Diego, el hijo mayor del navegante. Aún nerviosa, como estaba, no quise precipitarme.

–Traigo un mensaje para doña Beatriz Enríquez de Harana. ¿Sois vos? –preguntó.

–Lo soy –respondí escuetamente.

–Tomad.

Me dio la carta lacrada mientras yo miraba sin cesar al muchacho. Apenas podía escuchar lo que aquel correo decía; lo suficiente sobre que ese niño tirando a mozo era, como bien suponía yo, el hijo mayor de Cristóbal que venía para estar con su hermano y a esperar que el padre de ambos regresara de su aventura por la mar océana. Escuché la voz del mensajero como quien oye el susurro del viento. Abracé a Diego y llamé a Hernando que, en un suspiro, llegó de lejos para unirse a nosotros.

El mensajero me pidió un poco de paciencia, me dijo que se llamaba Rodríguez de Cabezudo y que el navegante, antes de la partida, le había pedido a él y a un clérigo llamado Martín Sánchez que se encargaran de la custodia del muchacho y de su traslado a Córdoba. Y dijo que, cumplido el encargo, debía firmarle un documento a modo de garantía.

–Firmadme, por favor, este papel como prueba de que os ha sido entregado el pequeño.

Tomé el papel, puse mi nombre y la fecha del dieciséis de agosto.

–¿Necesitáis algo más? –pregunté.

–No, nada –respondió–. Muy buenas noches y que Dios sea con vos.

Cerramos la puerta y enseñé a Diego la habitación que había de compartir con Hernando. Como pensé, no traía equipaje; una muda de repuesto, nada más. Dejé que fuera Hernando quien, tirando de su hermano, le enseñara toda la casa. Podía escuchar a lo lejos las explicaciones infantiles sobre nuestras gallinas y los huevos que ponían, sobre cómo alimentábamos a los cerdos, o la relación de amigos como en la collación había, o sobre los juegos habituales en aquella calle que Diego acababa de pisar. Aproveché que ambos estaban entretenidos para abrir la carta del navegante, firmada el día dos de agosto.

Era la carta más larga de él recibida; cuatro cuartillas de su mano escritas en las que, según decía, quiso dejar para mí y para los niños sus últimos pensamientos antes de darse a la vela. Afirmaba que salir hacia las Indias con aquellas tres naves tan bien dotadas de pertrechos y tripulantes le hacía sentir el hombre más feliz bajo el firmamento, y prometía volver con la conquista de esa ruta por la que tanto ha luchado y en la que tanto ha creído siempre.

«EN ESTA HORA DE LA PARTIDA BIEN PUDIERA REÍRME DE AQUELLOS QUE TANTA BURLA HICIERON DE MÍ POR LAS COSAS QUE YO CONTABA. SÉ, CON TODA SEGURIDAD, QUE DENTRO DE MUY POCO TIEMPO PODREMOS LLEGAR A LEVANTE POR PONIENTE. ENTONCES REIREMOS YO MISMO Y QUIENES ME ACOMPAÑAN, PERO NO POR CHANZA DE LOS OTROS, SINO DE FELICIDAD POR HABER SIDO CAPACES DE ALCANZAR LOS SUEÑOS.»

Dios y toda la Santísima Trinidad le acompañen y tengan confianza en su aventura; más de la que yo tengo ahora cuando tantos temores me asaltan. Leo sus líneas sin poder evitar que turbadores pensamientos lleven a mi cabeza el miedo terrible a un naufragio y la imagen de aquella flota hundida en el fondo del Mar Tenebroso. Quisiera tener la seguridad del navegante en un final de triunfos, pero cuando intento creer en el éxito de su expedición, son otros los pensares que me acechan logrando al final perturbar mi cordura. Quisiera evitar el recuerdo de tantas historias de la mar contadas al calor de la lumbre en las noches de invierno; leyendas de aventureros y mercaderes que sucumbían al encanto de sirenas diabólicas, o que terminaban siendo devorados por peces gigantescos como en las aguas del océano debe haber. Recuerdo relatos del propio Cristóbal sobre el modo en que los marinos sometían sus barcos a hechizos y rezos para salvarlos de unos destinos que, a veces, presumían horrorosos.

La entrada en la cocina de Diego y Hernando me distrae y aleja de esos oscuros pensamientos. Me preguntan por los papeles que leo, les comento que es la carta de su padre y que en la despedida tiene un recuerdo para ellos...

–Mirad lo que dice aquí –les muestro.

«QUIERO ENVIAR UN FUERTE ABRAZO A MIS HIJOS, A QUIENES AMO MÁS QUE A MÍ MISMO, COMO BIEN SABES.»

Me piden que lea la carta desde el principio. Diego, que ya está avanzado en esto de la escritura y la lectura, se coloca tras de mí y por encima del hombro sigue con sus ojos –ahora muy alegres– las palabras que yo recito en alta voz.

«EL DÍA DE LA PARTIDA SE PRESENTA SOLEADO. ESTA LUZ DE LA VÍSPERA Y LA MISA QUE VAMOS A DEDICAR A LA VIRGEN DE LOS MILAGROS, PATRONA DE ESTAS GENTES DE PALOS Y LA RÁBIDA, SERÁN BUEN AUGURIO PARA CUANTOS PASAREMOS SEMANAS ENTERAS SIN AVISTAR TIERRA. POR EL PUERTO CORRE HOY UNA LIGERA BRI-

SA QUE MAÑANA SERÁ, SEGÚN ESPERO, VIENTO BONANCIBLE UNA VEZ QUE HAYAMOS SALIDO HACIA CANARIAS.»

Dice que serán varias semanas para la ida y varias más para el retorno. Y ello sin contar el tiempo que las circunstancias les obliguen a estar en aquellas remotas tierras, si es que consiguen dar con ellas. Tan seguro está de hallarlas, que no hay en su mente espacio alguno para la zozobra. Ojalá sea capaz el navegante de instilar entre sus hombres la fortaleza que sus palabras desprenden.

Solo un penar muestra en su carta. Y ello es cuando se refiere a los judíos que ha visto salir por el mar. Afirma que son decenas las naves, entre ellas alguna inmensa carraca, que con sus propios ojos vio alejarse en el horizonte hacia levante. Barcos que llevan a miles de esos seres a quienes nuestros reyes quieren poner lejos de Castilla. Muchas de esas embarcaciones salieron de Tarifa, adonde acudió Cristóbal con Martín Alonso Pinzón en busca de cabos de reponer, ampolletas y enseres diversos para la navegación. Allí, según afirma, miles de aquellos hebreos vendían a bajo precio las pertenencias que habían conseguido rescatar.

«CONSIGO MANTENÍAN, SIN EMBARGO, PIEDRAS PRECIOSAS, JOYAS LABRADAS Y ANILLOS DE ORO QUE ESCONDÍAN ENTRE LOS PLIEGUES Y HENDIDURAS DE SU PROPIO CUERPO PARA QUE LES SIRVIERAN DE SEGURO EN UN DESTINO QUE EN ESTE TIEMPO ES TODAVÍA INCIERTO.»

Cerré cuidadosamente la carta, di de cenar a los niños y esperé a que se acostaran para abrirla de nuevo y releerla despacio cuando sola ya estuviera.

Aquellas anotaciones sobre la salida en masa de judíos me hicieron reparar en el recuerdo de Blanca y de toda su familia. Tal vez han formado parte de esa muchedumbre en fuga, o tal vez se han establecido en otro lugar del Reino, allá donde fueran desconocidos y no se sintieran permanentemente examinados como en Córdoba ocurría. La verdad es que muy poco supe de ellos desde las torturas sufridas por Lucas. Respeté su apartamiento, su soledad, al entender que era su forma de conjurar la envidia y la ira de otros; un modo de evitar situaciones como aquella que tanto les hizo sufrir en el pasado.

Hace unos meses, en primavera, cuando los corregidores dieron lectura pública del Decreto de Expulsión, me acerqué a la casa en que habitaban. De sobra sabía que hace tiempo dejaron de practicar la religión de Moisés y que buenos cristianos eran. Pero también pensé que tal como se producían los acontecimientos, podía ser mejor para ellos parecer judíos en fuga que conversos bajo sospecha. Quise comprobar si —como hicieron otros cristianos nuevos tenidos por judaizantes— la familia de Blanca y ella misma habían preferido escapar antes que soportar juicios y arder hasta morir. Llamé a su puerta diez, doce veces..., ¡qué sé yo! Nadie abrió y a nadie vi. No observé señales de vida; ni ropa tendida, ni humo por la chimenea. El silencio reinaba en aquel lugar; el mismo silencio que ahora me hace presentir que nunca más volveré a verlos.

Mucho ha cambiado la vida en Córdoba. Supongo que lo mismo ocurre en toda Castilla. Antes me agradaba ir a la judería, tan llena de vida. Hoy todo es vacío en sus callejas abandonadas, en sus casas expoliadas, cuando no destrozadas, por ladrones y bárbaros a quienes la expulsión de aquellos pobres no llega a satisfacer del todo.

Mientras enciendo una tenue llama que me permita volver a la lectura de la carta, quiero creer que nuestros reyes han tenido buenas razones para firmar el Decreto. Pero también creo que muchos justos pagan, y han de pagar aún, por la herejía de unos pocos, o por la usura y las equivocaciones de otros. Dudo que los errores del alma –si solo fueran de esa clase– deban ser castigados en la Tierra, cuando Dios ha de recibirnos a todos y ser quien juzgue nuestra vida mundana y nuestro religioso sentir.

Algunas voces han hecho correr por Córdoba que don Fernando estuvo a punto de dejar en suspenso el Decreto a cambio de los dineros y joyas que le ofrecieron Abravanel y otros rabíes del reino. Con ello llenaba las arcas de la hacienda real que la guerra de Granada dejó vacías. Pero no pudo. Cuando el aragonés trataba de convencer a doña Isabel, llegó el dominico Torquemada, se arrancó el crucifijo que pendía de su cuello y lo puso encima de la mesa; miró fijamente a los reyes y les dijo que si aceptaban la oferta de aquéllos, si aceptaban vender a Cristo, habrían obrado como el mal discípulo que Judas fue. El Inquisidor General, el furioso converso, ganó la partida y los reyes firmaron el documento que tantas lágrimas ha hecho derramar en estas tierras.

Otra vez la fuga de quienes se consideran el pueblo elegido por Dios. El destino ha querido unir en el tiempo su viaje hacia el Mediterráneo con ese otro que, con rumbo contrario, inicia el navegante. Otro tocado por dedo divino.

Hoy, al evocar la salida de unos y el darse a la vela del otro, no dejo de pensar en aquel Cristóbal que, recién llegado de Lisboa, se sentía señalado para descubrir nuevas rutas hacia las Indias. Tenía el convencimiento casi espiritual de ser la persona elegida. Hoy sus naves entran en el Mar Tenebroso hacia poniente en busca de algo más que la nada.

Apago la candela para dormir antes de que ella misma quiebre su luz de tanta espera. ¿Será tal vez la última comunicación para conmigo? A oscuras sigo recordando aquellas letras y pienso en el futuro más inmediato, en este presente que Cristóbal me ha procurado con dos niños; uno propio, mi Hernando, y otro, este Diego al que he de empezar a querer como si fuera salido de mis entrañas. ¿Quién sabe si el navegante llegará al puerto soñado y si después podrá regresar? ¿Quién sabe si más adelante podremos estar todos juntos como la familia que ya empezábamos a ser?

Volví a repasar las líneas de aquella carta en las semanas y en los meses siguientes... Y a cada jornada transcurrida crecía en mí la sensación de enviudar en soltería, con dos niños sin más posibles haberes que los resultantes de mis ahorros y de mi trabajo como costurera ocasional... Los amigos cordobeses del navegante han dejado de preguntarme por él, sabedores, como son, de las dificultades para tener noticias suyas una vez iniciado el viaje. Otros vecinos, con más vileza que humanidad, sonríen a mi paso como si en mi soledad fuera yo la expresión viva de un fracaso que todos dan por cierto. Espero que el tiempo y Dios acaben dándole justa razón. Pero entretanto la vida es monótona y triste para mí, salvo en aquellos instantes en que Diego y Hernando la alegran con sus juegos o con sus progresos en los estudios. Diego avanza en álgebra e historia y tan maduro se muestra en sus preguntas, que siento no estar a la altura de la ayuda que de mí espera. Con Hernando es diferente... Con cuatro años recién cumplidos, apenas puede trazar unas letras que muestra orgulloso y que nadie –salvo él– es capaz de entender.

13

El regreso triunfal

TE DEUM LAUDÁMUSS:
TE DÓMINUM CONFITÉMUR.
TE AETÉRNUM PATREM,
OMNIS TERRA VENERÁTUR.

«HACE POCOS DÍAS, UN CIERTO CHRISTOPHORUS COLOMBUS DE GÉNOVA REGRESÓ DE LAS ANTÍPODAS OCCIDENTALES. TUVO DIFICULTADES PARA OBTENER TRES NAVES DE MIS SOBERANOS PORQUE ELLOS CREYERON QUE LO QUE ÉL LES DECÍA ERA UNA FÁBULA.»
PETRUS MARTYR ANGLERIUS.

CARTA FECHADA EN MAYO DE 1493

Todo son corrillos. Las calles y plazuelas sirven de reunión a hombres y mujeres, a hidalgos y plebeyos, artesanos y clérigos. Todos celebran como propio el éxito del navegante. Acabo de saberlo; acabo de conocer que ha tocado tierra de Castilla, que ha regresado de su aventura y que circula por Córdoba y otras ciudades copia impresa de una carta que, en llegando a Lisboa, mandó enviar a la corte. Me lo ha dicho Ana, que se ocupa de mi Hernando y ahora, durante el viaje de Cristóbal, también de Diego. La he dejado al cuidado de los niños y he salido, casi sin respiración, con el corazón presto a salir por mi boca, hasta la iglesia de San Lorenzo, donde ha sido convocada Misa de Gracias por el final feliz de la aventura. Gentes desconocidas para mí comentan en grupos la vuelta del navegante.

–Ha vuelto por Lisboa –dice uno–. Desde allí envió mensaje a Barcelona para informar a los reyes del descubrimiento. Otra carta la mandó aquí, al alcalde de Córdoba.

–Es genovés o florentino, no sé muy bien. Pero vive en Córdoba. Va y viene de la ciudad –dijo otra, para añadir con cara ácida y tono burlón–: Aquí tiene hijo y barragana...

Preferí no responder. Callé y seguí mi camino como si no hubiera escuchado aquella frase que, sin embargo, tanto daño me hizo durante algún tiempo. La barragana, la mantenida, la madre del hijo bastardo del navegante. Habría echado sapos y culebras por esta mi boca, pero preferí el silencio y llegar hasta la iglesia donde el último toque de campana ordenaba el inicio de los actos de Gracias a Dios.

Entre una multitud que apenas dejaba espacio libre, pasó el cura con su Custodia y escoltado por seis monaguillos. Bendijo a los presentes.

IN NÓMINE PATRIS, ET FILII,
ET SPÍRITUS SANCTI.
AMEN.

Una por una fue dando paso a las partes en que se divide el Sacramento de la Santa Misa, alargando el tiempo y el misterio ante la nueva que, aunque ya conocida por todos, esperábamos escuchar de su boca. Unos detalles que todos, ese jueves veintisiete de marzo, aguardábamos y yo con especial ansiedad. En un momento previo a la Consagración, el sacerdote tomó la palabra. Pidió silencio y atención.

–No es un secreto que hoy todos celebramos aquí un hecho singular que recorre, en miles de papeles impresos por orden real en lengua latina y castellana, los confines de Europa –dijo con una amplia sonrisa de felicidad personal que intentaba transmitirnos a todos–. Don Cristóbal Colón ha vuelto con dos de sus naves y afirma, en misiva enviada a la corte en Barcelona y en otra a esta ciudad, que ha descubierto tierra al oeste y una nueva ruta para llegar a las Indias que él llama ahora Occidentales...

Nadie como yo sabía en aquel lugar sagrado la importancia de lo descubierto, de sus pasos hasta hacerse a la mar con la Santa María y sus dos carabelas. Nadie allí, en ese templo, sabía del sufrimiento, de los esfuerzos, de las pesquisas y negociaciones de Cristóbal, de sus secretos permanente y celosamente guardados, de sus temores a ser traicionado por nobles y príncipes, de sus amistades o de su egoísmo también. Fui escuchando su prédica como si se tratara de un correo parlante para mí, como si todos aquellos feligreses no fueran sino parte del decorado de un auto con tres protagonistas: el cura, el navegante y yo misma.

–Don Cristóbal Colón –prosiguió el sacerdote–, hombre estrechamente ligado a la ciudad de Córdoba y a sus gentes, dice que trae pruebas de que es cierto cuanto decía desde que llegara a este Reino hace ya siete años; que hay una ruta que lleva a las Indias por el oeste y que los vientos hacen retornar las naves. Y que se alegra, no tanto por su orgullo de descubridor, sino por el honor de servir a nuestros reyes, de poder probar su hallazgo, con muestras de oro y plata, animales y hombres como trae consigo desde tan lejanas tierras. Este hombre, genovés de nacimiento y castellano por voluntad y hecho, dice en su correo a la ciudad que quiere compartir con ella y con sus gentes los honores de tamaña aventura y da las gracias a Dios por permitirle volver sano de toda enfermedad y libre de todo problema, tormenta o tempestad, como en la mar hay.

Ahora entiendo cuánto de verdad había en lo que Colón decía de las maravillas del otro lado del mar. Ahora comprendo su obstinada paciencia, su trabajo perseverante ante la corte y ante los nobles para instilar en unos y otros su idea. Tal era su convencimiento, su voluntad.

El cura de San Lorenzo siguió con su historia y narró, entre otras cosas, que desde Lisboa, donde llegó accidentalmente y donde fue recibido por el rey Juan II, se hizo a la mar para ir a Palos y que incluso estuvo en Sevilla y Guadalupe para dar gracias a la Virgen por el viaje hecho, pero que ante la llamada urgente de los reyes hubo de ir hacia Barcelona donde ahora está la corte, no pudiendo venir a Córdoba como era su deseo y donde nos tiene esperándole.

Salí de la iglesia con los demás y con el sentimiento pesaroso de que Cristóbal no pueda llegarse hasta la ciudad. Los días pasan y tengo que conformarme con lo que otros puedan contarme o por los correos que vayan llegando. Echo de menos, aunque fuera una sola línea, dirigida a mí o a sus hijos. Es un comportamiento impropio de su parte, que solo encuentra justificación en los cumplidos agasajos de que es objeto y otros que ahora le esperan de parte de nuestros reyes. Pero el tiempo pasa sin que reciba novedad alguna. Tenía la esperanza de que mi primo, Diego de Harana, embarcado también a las Indias, viniera y me contara los avatares de Cristóbal y sus proyectos. Pero Diego se quedó en las tierras descubiertas al mando de una avanzadilla de hombres que, según contó el cura al referirse a otros cordobeses de la navegación, debe construir un emplazamiento para recibir a futuras expediciones.

Me encuentro sola, demasiado sola sin noticias de Cristóbal y al cuidado de los niños. Diego y Hernando preguntan por él. A veces, aun sin saber nada cierto, les doy respuestas que Dios envía a mi cabeza para que no les deje en la incertidumbre, en ese no saber qué es lo que con su padre ocurre. Con Hernando es más fácil, es tan chico... Pero Diego pregunta y pregunta. Ya va siendo mozo y sabe, por oídas entre el vecindario, lo que su padre ha sido capaz de encontrar. Está orgulloso, y mucho, pero no se explica, como yo, las razones por las que no llega carta a nuestro nombre con unas letras suyas, con un saludo, con una muestra mínima de amor después de tanto tiempo.

—Me gustaría saber cómo fue la travesía —lo decía Diego moviendo la mano como si de un bajel empujado por el viento se tratara—. Seguro que han sufrido tempestades, o los piratas han intentado abordarlos en la alta mar. Quizá temieron naufragar.

Los ojos de Diego se encendían mientras intentaba dibujar una carabela en la tierra.

—Tengo ganas de que venga. De viajar con él. ¿Cuándo vendrá?

—Pronto, muy pronto –le contesté.

Diego se dio cuenta de que no estaba muy interesada en seguir hablando de ello. Que estaba nerviosa, que prefería pasar a otro asunto.

—¿Qué ocurre, Beatriz? ¿Crees acaso que no volverá a por nosotros?

Parecía que me leyera el pensamiento. Me extrañó su madurez tan pronto cobrada, pero quise apartar de él cualquier preocupación. Fui al fogón para retirar la comida. Estaba casi quemándose.

—Mira, Diego –le dije–, tu padre vendrá muy pronto o bien mandará a buscarnos. Ahora está muy ocupado. Todos quieren estar con él, empezando por los reyes. Con sus descubrimientos ha avanzado sobremanera en el aprecio que de él tiene la corte. Ha pasado de la nada al todo; de ser tenido por un iluso, por un visionario, a ser el hombre que ha encontrado nuevas rutas para llegar a las Indias. Tu padre –le hablé muy despacio, para que no se perdiera ni una sola de mis palabras– es hoy uno de los hombres más importantes de Europa porque ha demostrado que el mundo es distinto, diferente a como creíamos hasta ahora. Gracias a él, además, Castilla es hoy más poderosa, más rica y más grande que antes de su partida. Él sabe que nos tiene consigo, que le esperamos, que somos sus seres más queridos y quienes más le amamos. Por eso vendrá cuanto antes pueda. Tenlo por seguro.

—Pero podría escribirnos.

—Vuestro padre está ahora viajando a Barcelona, si es que no ha llegado ya. Es difícil para él enviar correos –dije con una sonrisa, intentando hacerme con su complicidad y darles sosiego–. Es tanto el trabajo, tantas sus ocupaciones, que no me extraña que, al tenernos tan seguros, nos vaya dejando un poco para el final. Pero no te preocupes; tiempo queda para todo. Vendrá muy pronto para compartir con nosotros su dicha y los honores de que está siendo objeto.

Las más de las veces no me era difícil convencer a Diego de que era necesario tener paciencia y de que la tristeza no debía llevar pensamientos negros a su cabeza, y menos aún inundar su corazón.

Fueron pasando los días sin apenas noticias, hasta que una mañana fui llamada por Juan Pinelo –uno de los tertulianos ocasionales de la botica de Esbarroya– para que pasara por allí entrada la tarde. Había llegado a Córdoba Juanoto Berardi, el financiero amigo de Cristóbal, quien traía de primera mano informaciones de la recepción que dieron los reyes y los nobles al navegante en Barcelona. Acudí a la reunión. Eran las cuatro y media cumplidas, y fui saludada con afecto por la mayor parte de los presentes en un acto de deferencia que agradecí. Había más personas que en otras ocasiones en que me dejé caer por ese lugar; algunos eran desconocidos que me fueron presentados. Yo era la única mujer.

Berardi tomó mi mano inclinando la cabeza. Era un hombre entrado en años. Unos cincuenta quizá. Elegante y con ropajes que le daban un aspecto más distinguido que el de los restantes miembros del grupo.

–Me alegro de conocerla. Cristóbal me ha hablado de usted y de los pequeños Diego y Hernando. ¿Cómo están?

–Muy bien, gracias. Muy bien.

No sabía qué más decir. Me quedé callada mientras todos se iban sentando en los escaños y bancadas que Esbarroya había dispuesto para la ocasión. En la mesa, varios vasos de vino para los hombres y una jarra de agua para mí.

–Supongo –añadió Berardi– que estará ansiosa por saber de Cristóbal.

–Claro.

–Enseguida les cuento. No he podido verlo personalmente, pero sí he hablado con el duque de Medinaceli que tanto hizo por su causa. Él sí pudo, invitado por los reyes, asistir en Barcelona a la recepción de la corte. Y eso es lo que vengo a relatarles a usted y a todos sus amigos cordobeses.

No quise pronunciar ni una palabra más, salvo agradecer la llamada. Me mordía los labios con el deseo de saber si el propio Cristóbal le había pedido a Berardi que me informara. Ésa sería la prueba de que su corazón seguía ligado al mío, de que aún tenía interés por mí a pesar de tanta celebración como a su alrededor había. Preferí creer que las cosas eran de esa manera y que ése era el motivo de haber sido convocada a la reunión. Elegí no enfrentarme a una posible respuesta excusatoria del banquero, que habría hecho, sin duda, más profunda la pena que desde días atrás venía sintiendo.

Me senté y Berardi hizo lo mismo en un escaño algo más alto, frente a nosotros y junto a la ventana por la que entraba, ya muy tímidamente, el sol. Tomó uno de los vasos de vino y bebió un trago. Carraspeó, y un poco tenso, como quien es portador de un gran mensaje, observó el ligero temblor de su mano izquierda. Esbarroya, más ejercitado en el mantenimiento de aquellas tertulias, tomó la palabra y presentó al invitado para darle tiempo a una mayor serenidad.

–El señor Juan Berardi, que hoy nos visita, viaja a Sevilla, donde reside. Como algunos de ustedes saben, introdujo a Cristóbal Colón entre nosotros. Hoy, tenemos el honor y la dicha de que sea el propio Berardi quien nos traiga otras noticias, las que hacen referencia al éxito de Colón en su empresa.

Dirigiéndose a Berardi, ahora ya más tranquilo, le pidió que comenzara su relato. Y así lo hizo el florentino.

–Lo que vengo a contarles es lo ocurrido el pasado veintiuno de abril, hace unas semanas, día en que los reyes recibieron a Colón en el antiguo palacio de los Condes de Barcelona, donde tienen ahora instalada la corte. El Almirante fue llevado en carroza regia a presencia de doña Isabel y don Fernando. Comoquiera que toda la ciudad sabía de su llegada y de su gesta, cientos de barceloneses salieron a la calle para saludarle como el héroe descubridor que ya es para todos. Una vez ante los reyes, se agachó para besar las manos de nuestros soberanos, cosa que no le dejaron hacer sino que, muy al contrario, le pidieron que se sentara con ellos y con el príncipe Juan para así mejor platicar. Me dijo el duque de Medinaceli que os hiciera saber que nunca antes había visto de los reyes trato igual para con nadie, lo que nos da idea de la grandeza y magnitud de los honores obtenidos y, claro está, del descubrimiento realizado...

Berardi revivía el relato como si lo hubiera presenciado personalmente. Aludía a detalles sobre la gente y los ropajes y describía las emociones de quienes tuvieron la dicha de asistir al encuentro.

—Los reyes reían encantados ante los mágicos relatos del navegante. Don Cristóbal se refirió a aquellas tierras como una especie de Paraíso, si es que no era el mismo del que hablan las Sagradas Escrituras, lo que colmó de felicidad a doña Isabel. Tierras llenas de bosques frondosos y pobladas de gentes desnudas e ingenuas que solo ocultan las partes más pudendas de su cuerpo con adornos de oro.

—¿Qué clase de pruebas trajo Colón de todo lo descubierto? —interrumpió Esbarroya.

—Trajo muchas. También regalos para la reina. Entre relato y relato de lo acaecido en su viaje, Colón fue pidiendo a los marinos que le acompañaban que acercaran joyas, frutas y hortalizas nunca vistas en esta parte del mundo; extraños peces en salazón contenidos en grandes barriles, aves enjauladas de colores diversos y muy vivos, así como ratas de las Indias y perros que no podían ladrar. Pero lo más importante de todo fueron los hombres que con él vinieron. Hombres procedentes de las islas descubiertas que fueron vestidos para disponerlos decentemente frente a la reina, pues a Barcelona llegaron tan desnudos como vivían en su tierra.

—¿Eran caníbales? —preguntó uno de los asistentes.

—Éstos eran pacíficos indios a los que llamaban «taínos». Un nombre que no sé bien lo que significa. Pero sí hay caníbales en la zona. El almirante dijo que los taínos se refirieron a otras tribus que comen carne humana, que secuestran a los indios jóvenes y que los castran para engordarlos y después comerlos. Pero éstos no. Son de una gran docilidad y siempre recibieron con alegría la llegada de los hombres de Castilla. Uno de los momentos más emotivos fue cuando estos indios fueron presentados a los reyes. Doña Isabel y don Fernando se levantaron y dieron la vuelta alrededor de ellos para observarlos de cerca. Los pobres temblaban de miedo sin saber cuánto placer y sincero afecto había en la mirada de nuestros soberanos.

–Debió de ser emocionante, sí –dijo Esbarroya.

–No os imagináis cuánto –respondió Berardi–. Sobre todo porque a punto de terminar la recepción, los reyes tomaron de la mano a Colón y con el príncipe Juan se arrodillaron todos frente a la Cruz del Santísimo para darle gracias por todo lo acontecido. El Coro Real cantó el tedéum y las lágrimas asomaron a los ojos de los reyes, del Almirante y de muchos de los presentes. Todo terminó con el bautizo de tres indios que recibieron por nombres el del rey, el del príncipe Juan y el de Diego, pedido por Cristóbal en honor de su hermano y de su hijo.

Berardi continuó con otros detalles de la ceremonia que dejaron extasiados a los que conmigo se dieron cita en la rebotica. Yo también disfruté con todo lo que aquel buen hombre vino a contar sobre Cristóbal. Seguramente que tenía más razones que cualquiera de ellos para sentir como mío cada uno de los minutos del navegante con los reyes. Pero a la vez, otros sentimientos tan hondos como aquellos, pero más negativos, se hacían hueco en mí. Pensé que, tal vez ahora, siendo objeto de tales honores, nuestra relación podría convertirse en carga pesada para él. Quién sabe si tendría ganas de verme, deseos de yacer siquiera conmigo. Quién sabe si los reyes, a sabiendas de su viudedad, tienen para él reservada mujer de noble familia para matrimonio y sea –también por boda– uno de los más altos hombres de cuantos frecuentan la corte. Razones son, en fin, que podrían explicar la tardanza en mandar correo, su silencio para conmigo y para con sus hijos. Pero no, no debo encerrarme en tan malas cavilaciones. De hecho, antes de hacerse a la vela en Palos tomó la cautela de enviarme a su muy querido hijo Diego desde Huelva, donde vivía con su tía Violante, para que me ocupara de él en nuestra casa, para que me conociera y para que me tratara cono si su propia madre fuese. Y así lo hice. No debo pensar tan negativamente..., pero es difícil cuando tanta necesidad hay de saber y las noticias no llegan...

Mi rostro debió de translucir tales pensamientos. Algo debió de notar Leonardo Esbarroya, por cuanto aprovechó la salida del grupo de hombres y, en un aparte, me preguntó si tenía alguna preocupación y si en algo podía darme ayuda...

–Os encuentro seria, triste. ¿Qué os ocurre?

–Nada, señor, nada. Es solo que hace demasiado tiempo que nada sé de Cristóbal y me preocupa que, tal vez, después de tanto tiempo de viaje, nada quiera ya conmigo. Ya ve, pensamientos tontos de mujer.

La tristeza humedeció mis ojos más de lo que hubiera querido en ese lugar. Los sequé con el pañuelo que me extendió el boticario, quien dulcemente siguió hablando.

–No se preocupe, Beatriz. Hoy Colón está demasiado atareado a la vuelta de su aventura. Nosotros, sus amigos, también estamos ávidos de noticias por su parte, pero tenemos que conformarnos con que el bueno de Berardi tenga a bien hacer de mensajero –cambió el tono de su conversación por otro más entrañable–. Creo que Diego, el hijo mayor de Colón, está viviendo con usted y con Hernando. ¿No es así?

–Sí, así es.

–Creo que no tiene razones para darse a la melancolía. Vendrá un día. Será pronto, antes de lo que piensa, y querrá disfrutar con todos ustedes de la dicha y la riqueza que su descubrimiento le está reportando.

–Eso espero, gracias.

Esbarroya me despidió con un apretón de manos. Sentí la fuerza de su afecto, pero de vuelta a la calle, en la oscuridad de la noche, caminé recordando sin parar la frase escuchada antes de entrar en San Lorenzo: «Aquí tiene hijo y barragana». ¿Podría el Almirante de Castilla, el descubridor de las Indias Occidentales, tener hijo bastardo y mantenida? Con el corazón latiendo con furia, un sudor frío recorrió mis manos. Abrí la puerta y subí a casa. Ana se despedía. Los niños ya estaban dormidos. Apenas pude cenar. Me acosté y pasé la noche en vela entre turbios pensamientos. Al llegar el alba, caí rendida. Azotada por las penas me acogió el sueño y más no recuerdo.

Pasaron unos días, unas semanas tal vez, y llegó por fin un correo. Traía una nota de Cristóbal. Un frío papel, con líneas extrañamente escuetas.

«QUERIDA BEATRIZ.

APENAS TENGO TIEMPO, COMO DESEARÍA, DE ESCRIBIRTE UNA CARTA MÁS LUENGA. MIS OCUPACIONES AHORA EN LA CORTE ME IMPIDEN ACERCARME A CÓRDOBA. Y AHORA, NUESTROS SEÑORES LOS

REYES ME ENCARGAN UN NUEVO VIAJE A LAS INDIAS PARA SEGUIR DESCUBRIENDO RUTAS Y TIERRAS PARA CASTILLA. NO SÉ CUÁNDO PODRÉ VERTE. TAL VEZ ANTES DE HACERME A LA VELA PUEDA ESTAR CONTIGO Y BESAR A HERNANDO Y A DIEGO, A LOS QUE AMO MÁS QUE A MÍ MESMO, COMO BIEN SABES.»

S
.S. A. S.
X M Y

CHRISTO PHERENS COLOMBUS

Carta bien breve con petición de excusas y ni una sola muestra de afecto hacia mí. Y firmada en tal manera, con esas siglas y ese nombre en latín, que no habría reconocido a quien la envió de no ser porque era suya la mano que la pluma empujaba y que sus letras me eran de tiempo antes tan conocidas. Creo que se aclara mi papel. Los murmuradores tendrán razón al final y Cristóbal, el navegante, me habrá convertido en su ramera abandonada.

Quisiera morir. Daría la vuelta al tiempo, volver al pasado y pedir a Dios que aplazara los descubrimientos de Cristóbal, que la reina le negara su apoyo y que fuera preso en mazmorras cordobesas donde solo yo pudiera visitarle, cuidarle... Merece el fuego del infierno este hereje egoísta, este embustero que siempre obró para sí y que jugó con quien le dio su amor y que ahora, desesperada, ve cómo él se aleja quizá entre otros brazos más nobles, pero menos dulces, menos tiernos para consigo que los míos.

14

Del engaño a la soledad

«E PLATICANDO ACÁ DE ESTAS COSAS, NOS PARESCIÓ QUE SERÍA BUENO QUE LLEVÁSEDES CON VOS A FRAY ANTONIO DE MARCHENA PORQUE ES BUEN ESTRÓLOGO E SIEMPRE NOS PARESCIÓ QUE SE CONFORMABA CON VUESTRO PARECER.»

ISABEL, REYNA DE CASTILLA

Locos están muchos cordobeses —y supongo que con ellos muchos otros castellanos— por hacerse a la mar, ahora que es cierta la existencia de tierra al poniente. Aquellos que meses atrás se mofaban del navegante por creerle mentiroso y soñador. Aquellos que aseguraban un final en naufragio para sus naves o el regreso prematuro y sin honra quieren formar parte ahora de la siguiente expedición. Algunos se acercan a nuestra casa esperando verle o bien esperando mi apoyo y recomendación, sin entender que nada he podido saber desde su retorno, aparte de las noticias que Berardi vino a darnos.

De pronto parece haber estallado el ansia de viajar, de hacerse a la vela rumbo a Cypango y Cathay. Todos confían ahora en volver ricos de oro y plenos de honores. Temo que tal entusiasmo atraiga para la causa de Cristóbal gentes poco recomendables, convictos, facinerosos, violentos y en general hombres de vida pendenciera. Nada saben de barcos, de jarcias, de palos, vientos o tormentas estos aspirantes a marinos. Más conocen, creo, el uso de cuchillos y espadas que el oficio de marear.

La pasada noche, en una venta de las afueras, dos hombres la emprendieron a puñadas entre sí y uno está ahora más fuera que dentro de este mundo nuestro. Dice María, una de nuestras vecinas cuyo marido es alguacil, que tal moribundo apenas puede hablar y que su respiración estremece a quienes junto a él pasan. El otro se recupera de unos tajos en cara y brazos. La pelea empezó, según me cuenta, cuando un valenciano de apellido Sanchís tomaba nota y alistaba posibles tripulantes para ese segundo viaje a las Indias. A cada uno que inscribía le pedía un ducado. Todo transcurría con normalidad hasta que en un instante y sin saber cómo, tal vez porque uno dijo estar antes que el otro, empezó la trifulca que de tan mala manera terminó. En medio del revuelo, el tal Sanchís salió huyendo con papeles y dineros sin que haya pista segura sobre él. Los otros quedaron sangrando en el suelo y uno de ellos, como digo, boqueando y casi pidiendo a Dios que se lo llevase.

Seguro que nada sabe el navegante de tales aconteceres. Por mi parte, yo sí voy sabiendo de sus intenciones para conmigo y para con sus hijos. No hube de esperar demasiado. Fue un día de agosto de 1493 en que todo parecía discurrir en casa con la misma monotonía de siempre. Diego y Hernando jugaban a la morra con otros niños de la collación. Sus risas y el griterío al término de cada partida eran también como en cualquiera otra jornada precedente. De pronto, el tiempo pareció correr más deprisa. El escándalo de los pequeños se tornó en murmullo. A lo lejos, se escuchaba el paso de unas caballerías que cada vez se acercaban más a nosotros. Y de pronto, la llamada urgente sobre la puerta y la voz sobresaltada, azorada, de Ana.

–¡Beatriz, sal a la calle!

Sequé mis manos con un paño y me apreté el nudo de la camisa. Casi a saltos, llegué al zaguán en el que se apretaban varios niños y la propia Ana, a quien algunos agarraban por las sayas.

–Debe de ser Cristóbal –dijo.

Llegó hasta la puerta una carroza custodiada por soldados. Dos hombres tiraban de las riendas y cuatro más, estos con coraza y escudo, guardaban las portezuelas. Más que un noble, rey parecía quien a esta casa se llegaba. Uno de los soldados saltó al suelo y descubriéndose abrió el paso, hizo una reverencia y esperó ligeramente inclinado la salida del navegante. Venía ricamente vestido, con jubón de seda y calzas de lana clara. Del cuello le colgaba un hermoso cadenote de al menos cincuenta eslabones de oro. Era otro en la vestimenta y en el gesto. Bajó con parsimonia mientras el silencio era ya absoluto.

De pronto, Hernando se lanzó sobre él y Cristóbal le alzó en sus brazos. Le apretujó y le besó. Inmediatamente Diego corrió a besar también al padre tanto tiempo ausente. Yo esperé, preferí guardar caricias y arrumacos para cuando hubiera entrado en casa... Con los niños de la mano, fue caminando hacia donde yo estaba. Antes miró a Ana.

–Buenos días, señora.

–Buenos días tenga usted –respondió ella.

Ya frente a mí, me miró a los ojos. Soltó a los niños y me dio un abrazo que hubiera querido más cálido.

–Gracias, Beatriz, gracias por tus esfuerzos y por haber cuidado de los pequeños de la forma en que lo has hecho.

–No hice nada que no debiera o que no quisiera por mí misma hacer.

Le miré como intentando descubrir al Cristóbal de antes de hacerse a la vela, acaricié su rostro y besé sus mejillas.

–¿Pasamos? –le pregunté.

–Pasemos.

Fuimos hacia la cocina. Dimos esos pasos como dos desconocidos a quienes el destino obliga a estar juntos en un determinado momento de sus vidas, sin que nada tengan en común.

No sabía por dónde empezar, así que le pregunté por el viaje y sus descubrimientos.

–Muy bien; todo ha salido a la perfección.

–¿Como habías imaginado?

–Mejor, mucho mejor. Aunque supongo que ya sabes cómo fueron las cosas. Berardi me dijo que os informó de todo.

–Así es, nos informó a mí y a unas quince personas más que citó Esbarroya en la botica. Pero nada me dijo de lo que más me interesa. Nada, por ejemplo, de si eras feliz por el descubrimiento hallado o de si tuviste miedo en la travesía. Nada habló de los peligros que, seguramente, os acecharon ni de tantas otras cosas que me interesan más incluso que el hallazgo de nuevas tierras para la corona. Lo que la gente ha de saber, ya lo sé yo. Pero quiero conocer otras cosas. Por ejemplo... ¿Qué ha sido de mi primo Diego? ¿Por qué no ha vuelto a Córdoba?

–Le he pedido que se quedara allí al mando de los hombres que deben construir una fortificación para cuando yo mismo pueda regresar con refuerzos y más naves. No pudimos traerlos a todos porque uno de nuestros barcos encalló en una isla y quedó inservible para la navegación. Y allí está Diego, al mando de todos tratando de levantar un fuerte con los restos de la Santa María. Tu primo Diego de Harana –hizo una de aquellas pausas con las que dar un tono más elevado a su relato– ha sido el más fiel de cuantos tripulantes me acompañaron en la travesía. Fue el alguacil de la nao y ahora es mi lugarteniente en aquellas tierras.

–¿Los demás no fueron fieles? –pregunté.

–En general, sí. Hoy, al cabo del tiempo, he de olvidar algunos problemas que se dieron durante la navegación.

–¿Cuáles?

–Los propios de un viaje tan largo y tan incierto. Algo de tensión por parte de algunos y miedo de otros que deseaban volver y que con ese fin no habrían dudado en tirar al capitán por la borda.

–Creo que exageras.

–En absoluto. A punto estuvieron de hacerlo. Fue un día de septiembre, después de varias jornadas sin viento. Algunos de los tripulantes anduvieron quejosos y consiguieron crear un estado de alarma en sus compañeros. Decían que los llevaba a una muerte segura y hablaron de eso, de lanzarme al mar... Tuve por cierta la amenaza, a tal punto que hube de pedir auxilio a la Pinta. Martín Alonso les dijo desde la borda que si daño me hacían, los cuerpos de los culpables habrían de colgar de palos y dinteles. Aun con esa ayuda hube de ofrecerles un pacto. Les pedí una especie de tregua.

—¿Qué les ofreciste?

—Les dije que si en quince días más no avistábamos tierra daría la orden de regresar a Castilla.

—Y...

—Respetaron el acuerdo. A primeros de octubre vimos bandadas de pájaros y seguimos el rumbo que marcaron con su vuelo. Iban hacia tierra, no podía ser de otra manera. Del agua recogimos algas y un objeto parecido a la punta de una lanza. Las tripulaciones se animaron con tales pruebas. Ya el día doce de octubre vimos emerger a lo lejos una isla. Algunos temieron que fuera un espejismo. Pero era tierra firme. Aquella visión colmaba mis anhelos y confirmaba lo que dije la noche anterior cuando afirmé ver una luz, como un fuego, allá en el horizonte. Nadie pareció creerme entonces, pero cuando Rodrigo de Triana llamó nuestra atención al alba, todos vimos aquello. Disparamos las bombardas y llegó el alborozo.

Me contó el navegante cómo tomaron tierra en nombre de los reyes y cómo eran los primeros habitantes que en las Indias hallaron, hombres y mujeres sin más vestido que su propia piel, que trataron a los tripulantes como si fueran santos, o dioses, o seres llegados de otro mundo. Eran gentes sin bienes que reían sin parar, que cazaban de tarde en tarde y que solían comer las bayas y los frutos riquísimos que crecían por todas partes. Los más viejos de entre aquellos indios portaban anillos de oro y adornos que muy pronto levantaron la codicia de algunos.

–Espero que Diego haya sido capaz de mantener el orden, como le mandé.

–Y ahora, ¿qué planes tienes?

–Ahora tengo la petición de nuestros soberanos de salir hacia las Indias con una segunda expedición, que ha de ser magnífica, con no menos de veinte naves y centenares de hombres. Esta vez son muchos los que quieren acompañarnos. Qué diferencia entre este tiempo y aquel en que Martín Alonso Pinzón tuvo que reclutar hasta condenados de crímenes sangrantes porque nadie quería ir hacia el Mar Tenebroso. Hoy todo es mucho más fácil.

–¿Te irás a Palos?

–No. Tengo que dirigirme a Cádiz. El puerto y las dársenas palenses no tienen la holgura para botar tantas naves como ahora nos son necesarias...

–¿No te vas a quedar ni un poco?

–No, Beatriz. No puedo. Ya me gustaría descansar unos días junto a vosotros, pero tengo órdenes precisas de los reyes para la partida. Hoy soy menos dueño de mí y de mi tiempo que cuando contigo compartía casa y lecho y los triunfos me eran aún lejanos.

–¿Quieres decir que, a partir de este momento, tus hijos y yo empezamos a esperarte de nuevo?

–No, mis hijos no se quedarán aquí.

Hizo una pausa y casi sin mirarme a los ojos inició un parlamento que zarpazo fue para mi corazón. Sentí un palpitar duro y cómo las carnes se me abrían mientras comenzaba a sudar de forma abundante. Hablaba de llevarse a los niños a la corte. En el caso de Diego no podía resistirme, no era hijo mío, pero sí en el de Hernando.

—No temas... No te voy a quitar a tu hijo. No se trata de apartarte de él. Tengo el consentimiento de don Fernando y doña Isabel para que ambos, Diego y Hernando, formen parte del grupo de pajes del príncipe Juan y para que reciban formación con el propio infante y con tantos hijos de nobles como con él conviven. Hernando y Diego tendrán los mismos profesores que los demás y estarán bajo la tutela del padre Deza, preceptor de don Juan y que tanto hizo por mi causa. Éste no es momento de pensar en nosotros, sino en ellos, en un futuro que se hace más prometedor para tu hijo, para mis hijos, que antes de iniciar el viaje.

No podía negarme a lo que me ofrecía para Hernando. Vivir en la corte, ser instruido en álgebra, en retórica e historia por los mejores maestros que en Castilla había. No podía hacer renuncia por él de cuantos bienes prometía su padre. Asentí a cuanto me pidió aun con la angustia de una separación que se me figuraba demasiado pronta. Las palabras fluían por la boca del navegante. En dulce encantamiento, fui llevada por la senda que marcó e incluso firmé una carta, que apenas leí, por la que declinaba en su favor los derechos sobre la educación del pequeño. En el momento de la rúbrica sentí como un latigazo sobre mi cuerpo.

—Podré verle a menudo, ¿verdad?
—Eres su madre. Claro que sí.
—Y nosotros..., ¿qué haremos?

–Yo viajar. Es la misión que ahora tengo encomendada. Pero he pensado también en tu situación. Los reyes me han otorgado estos diez mil maravedíes por haber sido el primero en ver tierra, cuando afirmé que una luz subía y bajaba como haciéndonos señales. Son para ti.

Sacó de un estuche una bolsita de cuero llena de monedas que tomé al instante. No quise contarlas, de sobra sabía que en eso –al menos en eso– el navegante no me iba a engañar. También me prometió que más adelante me haría llegar un documento para que pudiera hacer efectivos los rendimientos de los alquileres de las carnicerías de Córdoba, que la corona le traspasaba como uno de los pagos por el descubrimiento.

–Y éstas no serán las únicas cantidades que te irán llegando –dijo mientras esbozaba una leve sonrisa–. La aventura de las Indias no ha hecho sino empezar. Habrá que explotar yacimientos de oro y plata que hay, sin duda, en cantidades inmensas. Pasará un tiempo, habrá más expediciones y nada os ha de faltar... Pero ahora, quisiera que Diego y Hernando me acompañaran a Cádiz para estar con ellos unos cuantos días antes de darme de nuevo a la vela. Después, volverán aquí para estar contigo durante unos meses, hasta que uno de mis hermanos los lleve a Valladolid para que cumplan con los planes que la corona y yo mismo hemos trazado para ellos.

A todo esto dije también que sí. Consentí en cada una de sus peticiones. Y nos despedimos con una frialdad impropia de quienes han tenido tanta vida en común. A diez días pasados vinieron de su parte a por los niños. Subieron a un carruaje y se fueron. Era la primera vez que Hernando se me iba. Unas semanas después, él y Diego regresaron a Córdoba y me contaron cuán grande y hermosa era la flota que levó anclas desde el puerto gaditano con la proa enfilando a poniente.

–Eran veinte barcos o más. Entre ellos, muchas carabelas –dijo Diego.

–Tendrías que haberlo visto –terció Hernando.

Los meses pasaron deprisa. Octubre, noviembre, diciembre... Noventa días en total para estar con mi hijo. En aquellas jornadas estuvimos hablando como nunca antes lo habíamos hecho; de los infantes, de los palacios de la corona. Bien sabía yo que el tiempo se nos iba. Ellos no. Diego y Hernando vivían su inmediato viaje como una aventura llena de sorpresas. Los esperaban los reyes, sus hijos, los cortesanos y unas ciudades diferentes a lo que hasta ese momento conocían.

Un día de enero vino Bartolomé Colón. Fue verle en la puerta..., y el desgarro. Sabía a qué venía. No había confusión en una visita tan largo tiempo anunciada.

–Vengo a por los niños para llevarlos...

–Lo sé, Bartolomé. Estoy preparando todo. Dadme una hora y enseguida salen. ¿Quiere entrar?

–No, prefiero esperar aquí. Gracias.

Los vestí rápidamente y les encarecí que guardaran las mejores ropas, aquellas que hice expresamente para este viaje, para el momento en que fueran presentados ante los reyes. Les repetí una y otra vez que en esa ocasión debían aparecer perfectamente arreglados y aseados.

Abrí la puerta y llamé a Bartolomé, que esperaba en la calle junto a otro hombre y unas mulas, e hice salir a los pequeños.

–¿Me escribiréis?

–Lo haremos –contestaron casi a un tiempo, ilusionados ya con el camino hacia Valladolid.

Subieron a lomos de las bestias mientras Bartolomé Colón intentaba decirme algo que no pude escuchar. No quise que Diego y Hernando vieran lágrimas en mí y forcé una sonrisa que surgió temerosa, como si fuera sabedora de que aquélla iba a ser la última vez en que abrazar a mi hijo pudiera. Lloré por dentro; lágrimas de sangre me decía, por no sacar las naturales que a nuestros ojos asoman. Aguanté sin sollozar hasta que hubieron iniciado el camino. Después, el tormento.

Durante los primeros meses de aquel año de 1494 recibí las cartas de una manera más o menos periódica. Por ellas fui sabiendo cuánta consideración tenían ambos hermanos de parte de los infantes y aun de los mismísimos reyes nuestros. Por aquellos mensajes fui conociendo cuáles eran sus amigos más fieles y pude establecer cuáles y cuán rápidos eran los progresos que Hernando hacía en su escritura. El propio Martir de Anglería, su preceptor, añadió para mí una nota en la que comentaba su sorpresa y gozo por la actitud tan seria y tan precoz de mi hijo para con los estudios. Aquello me satisfizo plenamente.

Pero aquellas cartas no fueron solo motivo para mi contento. Un día, en una de aquellas cuartillas, Hernando cambió su apellido y empezó a escribir el «Colón» de su padre. Algo me dijo que ya le perdía. Aún me envió algunos mensajes más que, junto a los anteriores, guardo en un cofrecillo de piel y herrajes. Pero, pasando el tiempo, se fueron espaciando hasta que un día dejaron de llegarme.

15

De cuando Hernando se dio a la vela

> «HABÍA GRANDÍSIMOS LAGARTOS O COCODRILOS, LOS CUALES SALEN A ESTAR Y DORMIR EN TIERRA Y ESPARCEN UN OLOR TAN SUAVE, QUE PARECE EL MEJOR ALMIZCLE DEL MUNDO; PERO SON TAN CARNICEROS Y CRUELES QUE SI ENCUENTRAN ALGÚN HOMBRE DURMIENDO LO COGEN Y LO ARRASTRAN AL AGUA PARA COMÉRSELO; FUERA DE ESTO, SON TÍMIDOS Y HUYEN CUANDO SE LES ACOMETE.»
>
> HERNANDO COLÓN

–¡Ha muerto el infante!
–¡Don Juan ha muerto!
–¡El Reino está de luto! ¡Rogad por su alma!

La reina era presa del dolor. Había muerto el heredero, la esperanza en la unidad de las coronas. Nubes de incertidumbre cubrían a Castilla y Aragón. Pero en aquella hora terrible Isabel penaba por haberse ido el más querido de sus hijos. Hombres y mujeres parecían enloquecer cuando gritaban por las calles el nombre del infante. Muchos eran los que lloraban e invocaban a Dios pidiendo el perdón por los pecados del príncipe, mientras culpaban a su esposa por muerte tan prematura. El sexo de Margarita, decían, fuera de tal modo, tan vehemente y agitado, que las cópulas sucesivas habían dejado a don Juan con las fuerzas mermadas y en un estado de delgadez que su acabamiento era consecuencia esperada. Más que encuentros entre marido y mujer, aquellas citas con la borgoñona esposa no eran sino acometidas, embestidas infructuosas que mataron al hijo de nuestros reyes en Salamanca sin que dejara descendencia. Desde entonces, doña Isabel anda en llantos y sufrires que son, según cuentan, como aquellas cuchilladas que atravesaron el corazón de María con la visión de su Hijo en la Cruz.

Del Alcázar y la Mezquita, de los palacios y casas de vecinos se hicieron colgar negros lienzos y la ciudad fue queda de aflicción. Los cordobeses, adolorados, llenaron los templos en cuantas misas y honras fúnebres fueron celebradas. Pareció que el mundo empezara a desmoronarse como terrones en lluvias de primavera. Yo también me dolí de tan grave pérdida; y sin embargo, en medio de aquel dolor compartido tuve por buena la esperanza de recuperar a mi hijo dada la muerte de aquel en cuyo servicio estaba. Confianza vana, pues bien pronto uno de sus maestros principales escribióme carta para decirme cuánto consuelo encontraba la reina teniendo a mi Hernando como paje propio. Mi hijo había pasado a servir a doña Isabel y yo debía enorgullecerme de ello; y así lo hice, aunque sentí una especie de odio creciente hacia quien aplacaba su daño agrandando el mío. Cada vez se alejaba más, como un espejismo, la ilusión de que aquel fruto de mi vientre me fuera devuelto. Ana se enoja cuando sabe que en tales pensamientos me encuentro.

–¡Tonterías! Son necedades impropias de una mujer de

tu edad y condición. En tu lugar, trataría de vivir de la mejor manera que me fuera posible. Olvida, pues solo conseguirás hacerte más daño y enloquecer. No sé qué podría hacer para mantener en ti la cordura que, según veo, estás empezando a perder.

–Qué dureza en sus palabras. ¿No tengo derecho acaso a ser la madre que fui y que soy en tanto que mi hijo vive y no es finado como el de la reina? Mi hijo vive, Ana, y a mí me impiden ser su madre.

–Perdona, Beatriz. Tal vez haya sido demasiado fría. Perdóname, pero es que te aprecio tanto que... Es como si fueras parte de mí, y cuando tan mal te veo hago mío tu sufrir. No quiero que padezcas más de lo que es debido.

Intenté pensar en la reina sin rencor. Imaginar a tan alta señora y tan amada de sus súbditos en penas tan hondas y a la vez tan comunes. Quise sentirme cerca de ella, pero solo fui capaz de advertir que el aislamiento avanzaba en torno a mí. Para ese tiempo, otros dolores se disponían a situarme en el calvario personal en que Dios había convertido mi paso por el mundo.

Murieron mis tíos en hora natural y mi hermano, al que habría querido tener por consuelo, partió con el navegante en el tercero de sus viajes. Se dio a la vela sin decirme nada, en un acto de traición hacia mí, o tal vez suponiendo que el daño sería menor si es por otros por quienes había de saber que mantenía componendas y tratos ocultos con el que tan mal había tratado a su propia hermana. La soledad se me fue haciendo cada vez más insoportable. Mi hermano Pedro se quedó en las Indias y Cristóbal regresó, aunque en una situación infamante.

Alcanzó buena fama con su descubrimiento. Pero la fortuna torcióse para él. Vino preso, con grilletes en pies y manos. Decían por Córdoba que su carácter se había tornado duro y despótico, que abusó del poder que le dieron los reyes, que había tomado indios como esclavos y que los vendió a pesar de las prohibiciones que en tal sentido dictaba la corona. Para colmo de males, el oro y la plata, los rubíes y las esmeraldas no fluían por ríos y minas de la forma y modo prometidos. Nada llegaba a Castilla de aquellos tesoros que hoy muchos toman por imaginarios. Por contra, algunos de quienes se lanzaron a la vela y a la aventura convencidos de hallar tanta riqueza, regresan mugrientos y esqueléticos por fiebres y diarreas pasadas, o bien llenos de pupas de una peste común de aquellas tierras que es causa de fuertes tormentos hasta que, por fin, Dios decide arrancarlos del mundo. Bastantes de aquellos desdichados que salieron a la mar no volverán nunca. Y temo que eso le ocurra a mi hermano Pedro, engatusado por el navegante para llevarle en aquella su tercera salida.

Temí por él como lo hice también por mi primo Diego de Harana, cuando supe que se quedaba en La Española mientras los demás regresaban para dar cuenta al mundo del hallazgo. Al final se consumaron mis miedos por cuanto acabo de saber que murió en el curso de un suceso que hoy, en relato sañudo, recorre las tabernas cordobesas.

Cuentan que Diego fue sorprendido por un indígena cuando se encontraba en acto fornicario con su india, una joven y bella taína. Al verle, saltó mi primo del lecho dejando a la mujer en gritería. Y así, sin ropa, desnudo como al mundo vino, corrió por la selva con el marido enojado tras de sí y recibiendo en su cuerpo los machetazos que éste le lanzaba. Ya malamente herido y sangrando con abundancia, decidió saltar por un cortado hasta estrellarse en unas piedras que del mar salían. Y así pereció despeñado o ahogado, en la huida y la deshonra. Mal final para quien fuera el hombre de confianza del Almirante.

No habiendo parientes más próximos por la muerte de mis tíos dos años antes, un marino me entregó una bolsa con las escasas pertenencias que del primo muerto quedaban: una medalla de plata, un misal y unas hojas sin orden que de vez en cuando anduvo escribiendo para –según supongo– mejor pasar el tiempo y mantener entretenida la cabeza. Aquellas notas habían sido tomadas en el Fuerte de Navidad y relataban cuál era el transcurso normal de los días en lugares tan lejanos, cómo era la vegetación sorprendente de aquella tierra, de qué manera se mostraban los indios o cuánto malestar e impaciencia había entre los hombres que debían obedecerle y a quienes la distancia parecía haber trastornado.

Decía en su escrito que por el oro mataban o eran capaces de morir, sobre todo cuando advertían que las tales riquezas o estaban ocultas o, tal vez, nunca existieron. Unos y otros se amenazaban y aquella tierra de paz se convirtió en un infierno. En tal situación de agobio, Diego se permitió dudar de la empresa que tanto compartió con el navegante. En una de aquellas cuartillas decía que había creído cuantas descripciones le habían hecho de cómo debían ser las Indias pero que siendo testigo –como era– de la verdad de aquellas tierras y de sus habitantes, no veía ni palacios con tejas de oro ni nada que a ello se asemejase. Y tampoco los indígenas parecían tener riqueza alguna, por cuanto desnudos iban y sus casas no eran mejores que algunas cabañas que usan de refugio los pastores de Castilla. En algún momento llegó a temer haber llegado a un lugar equivocado.

«Nadie en estas tierras conoce o ha escuchado hablar del Gran Khan por más que pronunciemos tal nombre en las distintas maneras que nos enseña Luis de Torres, nuestro intérprete. Los indios desconocen que esta isla sea llamada de Cypango. Tampoco saben dónde podamos hallar al Preste Juan. Cuando de esas cosas hablamos, unos miran a otros como buscando una respuesta que ninguno tiene. Y esto desespera a mis hombres de tal manera que no sé cuándo estallarán llevándose por delante cuanto sean capaces de encontrar. Claro es que en este lugar no está el Paraíso Terrenal.»

Pasó el tiempo. Los meses y el año que siguieron estuve intentando curarme heridas propias y sabiendo, por relatos de terceros, de qué manera el navegante procuraba rehacer su prestigio ante los reyes. Por aquel entonces pude saber cuán mal trato habían recibido Cristóbal y sus hermanos de un tal Bobadilla, a quien don Fernando había enviado a las Indias con plenos poderes sobre las tierras por aquellos descubiertas. Los soberanos habían mancillado los acuerdos firmados en Santa Fe, temerosos del dominio y autoridad crecientes del navegante. Ahora, arrepentidos y viendo disminuido el mando y prestigio de Colón, le permitieron armar flota que, compuesta de cuatro naves, habría de partir de nuevo hacia las Indias.

El destino guardaba para mí un tropiezo más. A principios del año de 1502 de Nuestro Señor, Cristóbal me hizo llegar carta. Me comunicaba su partida –era su cuarta salida al océano–; eso no me importaba. Lo peor era que le acompañaba nuestro hijo. Agradecí el detalle de esa información que, sin embargo, vino a inquietarme por la suerte que pudiera correr Hernando en la mar. Desde aquel momento, no dejé de pensar en ello. Aquellas aguas entre las Canarias y las tierras descubiertas no me habían traído sino desgracias y pensares amargos, además de romperme o quitarme a cuantos he querido en esta vida. Unos por muerte, otros por alejamiento. Y ahora mi hijo, con trece años apenas, se daba con el navegante a la vela.

Para cuando recibí aquella nota ya habían zarpado y nada pude hacer por detenerlos. Tampoco me habrían dejado, o tal vez me habrían tratado de loca. ¡Qué sé yo! En los meses que siguieron no pensé sino en los peligros oceánicos y hasta pesadillas tuve, como antaño cuando Cristóbal había de hacerse a la mar por vez primera.

Un día, harta de tan sórdidas ideas, tomé una vieja bolsa y la llené con unos vestidos; de un cofrecillo saqué algunos ducados y me uní a una caravana de peregrinos que desde Jaén habían salido para, cruzando por tierras sevillanas, subir hasta Galicia donde Santiago recibe miles de ofrendas de toda Castilla y de Francia y de Inglaterra incluso, que hay quienes se hacen a la mar para ver al santo que fue compañero del mismísimo Jesús en sus prédicas. Aquélla era senda difícil, sobre todo para mujer en soledad. La compañía de esos devotos hizo que desaparecieran los temores a ser asaltada por los bandoleros que acechan a caminantes y caballeros. Aun así, cada ruido, cada pequeño sonido ajeno al de nuestro grupo se me figuraba señal de alerta. Nuestro caminar entre venta y venta se me hizo más rápido de lo que en un principio había pensado. Una mañana vi a lo lejos la torre de la Giralda y respiré tranquila. Cuando quise despedirme de aquellos que me dieron tan feliz paso de calzada, varios intentaron regalarme frutas y hasta dineros con los que hacer frente a mi estancia en Sevilla. No quise aceptar.

–Gracias. Muchas gracias. Han sido ustedes muy amables.
–Rezaremos por ti en el camino a Santiago.
–Gracias –repetí.

Tenía la esperanza de que en Sevilla Juanoto Berardi recordara mi cara y mi nombre y que pudiera darme señas de dónde podría encontrar a mi hijo, si es que había regresado ya de las Indias como suponía. Evoqué el nombre del florentino con una mezcla de aprecio y temor. Amigo del navegante, este hombre había hecho fortuna como mercader de personas y cosas. Lo mismo vendía especias de Arabia o telas de Alejandría que traficaba con esclavos del norte de África. Vendió hombres y mujeres hasta que la reina de Castilla endureció sus leyes contra tan humillante práctica. Pero también es cierto que fue Berardi quien suavizó mi ira cuando el corazón –más sutil que la conciencia, según creo– me avisaba del abandono que más tarde hube de sufrir. Le agradecí entonces que aplacara el tiempo de mi dolor y ésa es la razón, creo, por la que llego a Sevilla, con la intención de que ese hombre pueda darme pistas sobre el estado y suerte de mi Hernando, lo único que a este mundo me ata.

Perdida en aquel mar de gentes entre el puerto y la catedral, miré a lo alto de la torre árabe que un día fue minarete y hoy, gracias a don Fernando III, campanario de Christo. Un viejo fraile que salía del templo me dio razón del lugar donde estaba el despacho del florentino. Cuando ya partía enloquecida y a la carrera hacía el punto referido, el religioso me mandó parar.

–¡Espere!

–¿Qué ocurre? –le pregunté.

–Ese lugar que le indiqué es donde Berardi recibía a sus socios y a los hombres con quienes solía negociar. Y muy cerca está también su casa, pero dudo que pueda encontrarse con él.

–¿Por qué?

–No creo que pueda verle porque Berardi murió hace algunos años.

Me explicó el fraile cuántas gentes de Sevilla y de otros lugares acudieron a despedir los restos del banquero. De Córdoba también llegaron algunas personas distinguidas a los funerales, que tuvieron lugar a diez días contados desde su fallecimiento. El cura me pidió que le acompañara hasta un reclinatorio a la derecha del altar mayor de la catedral. Allí debió de advertir mi contrariedad por la muerte de Berardi.

–Debe usted trocar su congoja por entereza –me dijo.

Le fui contando algunos retazos de la vida mía. Quise que entendiera la razón por la que Berardi se había convertido para mí en una especie de puente para un encuentro con Hernando y el navegante. Había soñado con la posibilidad de que aquel amigo de Cristóbal intercediera entre nosotros, de modo que yo no siguiera perdiendo la razón, como me estaba ocurriendo.

—Creo que sus esfuerzos son benditos a los ojos de Dios. Seguro que será premiada por ello y consolada de tanto dolor –dijo el cura–. No le aconsejaré que deje de buscar a aquellos a quienes ama, pero seguro que Nuestro Señor verá de mejor manera que sea capaz de festejar la gloria de uno y la felicidad y el progreso del otro; la fama del navegante, como usted llama a don Cristóbal, y la dicha de su pequeño viviendo como está, según dice, en la corte de nuestros reyes.

Acompañé al cura hasta la sacristía donde un grupo de niños preparaba las bandejas y vinajeras, la casulla negra y los libros sagrados para una misa de difuntos que había de comenzar en una de las capillas laterales del templo. Me hizo sentar y al rato volvió con un paquetico y un papel cuya tinta intentaba secar con sus soplidos.

—En ese paquete le dejo unos dineros. Le harán más fácil su estancia en Sevilla si decide quedarse algún tiempo entre nosotros. Este papel es una carta, una simple nota de presentación para un hombre llamado Melchor Gorricio. Es hermano de un religioso, un cartujo, y ambos son muy conocidos de don Cristóbal. Realmente los Gorricio son buenos amigos y confidentes de todos los Colón, a quienes han tenido en su casa como invitados cuantas veces han estado por la ciudad. Poco más puedo hacer por usted. Pero muerto Berardi, los Gorricio son los únicos, según creo, que pueden intervenir ante el navegante o darle recado de parte suya.

Me instalé en una fonda y recordé cuanto me habló el navegante de esta ciudad y de cuántas veces pensé en ella cuando de mí él se alejaba. No sabía si había regresado con Hernando o si aún estaban ambos en las Indias. Podía ser que incluso estuviéramos respirando el mismo aire de Sevilla. No lo sé. Ahora podía ver algunas de las cosas que él me contaba sobre la grandeza y belleza de esta ciudad a la que el descubrimiento ha dado más vida si cabe.

Es grande Sevilla. Y hermosa. Demasiado grande, demasiados caballos por las calles y demasiada gente de procedencia varia. Pero me gusta. No sé si es la luz de la mañana o el haber dormido tan largo y seguido después del viaje. No sé si tal vez es la ilusión por conseguir un indicio, una ayuda. ¡Qué sé yo! Pero el amanecer sevillano me había devuelto una especie de alegría que me empujaba a salir de la fonda cuanto antes. La casa de Melchor Gorricio no estaba muy lejos. Eran gente conocida y querida. Lo contaba la posadera con esa gracia que es común, según dicen y según veo, a los sevillanos.

—Ésos, lo mismo hacen a un noble que a un pordiosero. No se andan los Gorricio con miramientos, no. A Melchor le podrá ver y si puede, le ayudará. Ya lo creo. Al otro, a Gaspar, me temo que no pueda encontrarle. Es cartujo. Ya sabe, de esos curas que la última vez que abrieron la boca fue para llorar al nacer. No hablan ni asín los maten. Voto de silencio dicen que hacen.

—La dirección que tengo es la de Melchor.

—A ver... Pues muy cerquita. No tiene pérdida. Usted sale directamente desde la fonda por la calle de en medio. Y una vez en la placita tira por la mano de Dios Padre.

—Perdón...

—Sí, hija, con la mano que usted se santigua. No hay pérdida. Y si se pierde, pregunte. No se preocupe, los Gorricio son conocidos de todos.

Seguí sus indicaciones y en un momento me situé frente a la puerta del hombre que buscaba. Llamé y me abrieron.

–¿Melchor Gorricio...?

–Soy yo. ¿Qué desea?

Le dije quién era y al escuchar mi nombre me pidió que entrara. Era casa de gente de hacienda. Unos escaños estaban apoyados en la pared y otros junto a una mesa grande que iluminaban tres amplios ventanales. Me indicó que tomara asiento.

–Gracias –le dije.

–Cuénteme, Beatriz.

Me miró como si en verdad estuviera interesado en ayudarme e insistió en conocer de cerca aquello que me había llevado hasta él. Su consideración me permitió hablarle como si de un viejo amigo se tratara. Me extendí en datos y razones, aunque muy pronto pude entender que él sabía mi historia mucho mejor de lo que yo suponía antes de conocerle. Pero a la vez fui consciente de lo poco que aquel buen hombre podía hacer por mí.

–No tiene razón, Beatriz, al suponer baldíos sus esfuerzos. Entiendo que sufra por la falta de correos, por la ausencia de noticias. Pero su existencia ha sido importante para muchas personas, empezando por su propio hijo.

–Al que me prohíben ver.

–No creo que las cosas sean de esa manera. No sé de orden alguna que impida algo así. El problema es la distancia hasta la corte, o el hecho de que Hernando y su padre, que están muy unidos, empiecen a viajar juntos a través del océano, como ahora han hecho. Si me permite, yo mismo haré gestiones para que no se pierda el contacto entre una madre y su hijo, entre vos y Hernando. Pero ahora, lo que debe hacer es regresar a Córdoba, estar entre los suyos. Y vivir más tranquilamente de como lo ha hecho hasta ahora. Y no haga viajes en vano...

Me despedí de Gorricio pero no regresé inmediatamente a mi casa. Aún estuve unos días en Sevilla deambulando por el puerto y creyendo ver a lo lejos el lento caminar del navegante en algunos hombres que pasaban. Unas semanas después inicié la vuelta a Córdoba. Allí recibí tres cartas de Gorricio en los dos meses que siguieron a nuestra entrevista. En las dos primeras intentó mantener viva mi esperanza de encontrar a Hernando. En la última me comunicó el regreso de padre e hijo y su marcha urgente a Segovia y Valladolid, ciudad esta última en la que los esperaban los reyes. Eran varias cuartillas en las que, al final de todo, me pedía paz y que olvidara al navegante. De mi Hernando me decía solamente que había de ser dichosa por el joven tan despierto y trabajador que había traído al mundo. Las líneas escritas por Gorricio eran la expresión clara de un triste desenlace, de un duro remate para mí.

Y así me mantuve, como aquel hombre me pidió. En los cuatro años que siguieron aguanté sin pedir noticia, sabiendo por rumores que Hernando estaba bien y que era crecido en fortaleza y sabiduría junto a los reyes, a quienes servía fielmente. Un día –también por terceros– fui informada de que mi hijo pasó a depender de don Fernando cuando la reina se fue del mundo dejando huérfanos a los castellanos. No sentí demasiado aquella pérdida que tanto dolió en el Reino.

16

Un recuerdo en la agonía

«É LE MANDO QUE HAYA ENCOMENDADA Á BEATRIZ ENRÍQUEZ, MADRE DE DON FERNANDO MI HIJO, QUE LA PROVEA QUE PUEDA VIVIR HONESTAMENTE, COMO PERSONA QUE SOY EN TANTO CARGO. Y ESTO SE HAGA POR MI DESCARGO DE LA CONCIENCIA, PORQUE ESTO PESA MUCHO PARA MI ÁNIMA. LA RAZÓN DELLO NON ES LÍCITA DE LA ESCREBIR AQUÍ.»

TESTAMENTO DE CRISTÓBAL COLÓN
FIRMADO EL 25 DE AGOSTO DE 1505
RATIFICADO EL 19 DE MAYO DE 1506 EN EL
LECHO DE MUERTE

El día amaneció con nubes y sin embargo la casa parece un horno de tanto calor como entra en ella. El viento de poniente hace que el clima sea cálido y húmedo. Si esto es así ahora, en los albores de junio, ¿cómo será el verano que está a punto de llegar? Al menos, las lluvias de primavera alejan el peligro de una nueva sequía y eso tranquiliza a tantos cordobeses como en esta ciudad viven del trabajo en el campo. Pero tanto calor se me hace insoportable. Poco pueden hacer las cortinas de esparto o la oscuridad que intento crear en las habitaciones. La cocina es el lugar más fresco de toda la casa y hasta ella he trasladado mis canastillos llenos de labores: bordados y costuras para algunas damas y remiendos y zurcidos propios que siempre van quedando en postrero lugar, durmiendo en el olvido de los cestos, bajo telas, sedas y brocados.

Hoy ha tenido suerte una vieja camisa que hace meses quise recoser y labrar para lucirla cuando el calor apretara, como ahora ocurre. Fue de mi tía Constanza, me la entregó Lucía, la segunda mujer de mi tío Rodrigo, a quien he querido más que si pariente carnal fuera.

–No está bien que use ropa que fue de la anterior mujer de mi esposo –me dijo–. Será mejor que la lleves tú. Además, eres menuda de proporciones. Como ella.

Hace de esto muchos años. Vestí aquella camisa durante un tiempo. Siempre me gustó su tacto suave, su blancura. Más tarde, desgastada y rota, la guardé como si tirarla sacrilegio fuera. Ahora, al sacarla del canasto, veo que tiene roto el puño, como arrancado. Recuerdo que fue mi Hernando, poco antes de salir para siempre de esta casa, quien lo rompió en una de sus rabietas infantiles. Mi memoria no alcanza a saber cuál fue la causa de su enojo, o de nuestro enfado. Sí soy capaz, en cambio, de entornar los ojos y ver la imagen de su boca anunciando el llanto. Recuerdo la manera en que formaba sus lágrimas. Hacía perlas diminutas de agua que después crecían hasta que su peso las arrastraba por las mejillas. Era terco, tozudo como una mula. Tenía a quien parecerse. Era como su padre, tan obstinado para lo bueno como para lo malo. Y también lo era para expresar la rabia, la ira, como aquella tarde en que de tanto tirar y tirar rompió el puño de la camisa que tengo entre mis manos.

Apenas unas puntadas y se me hace difícil seguir cosiendo. Este bochorno, esta bocanada insoportable, este ahogo que tantos recuerdos me trae de un pasado que intento borrar. Un tiempo que me asalta y que me conduce por caminos inciertos hasta la imagen, a veces nítida y a veces confusa, de Hernando y Cristóbal.

Como tantos otros días, ha venido Ana. Es mi compañía habitual en estos años. Es tan generosa. Siempre pendiente de mí, de mis padeceres; intentando espantarlos, como si tan fácil fuera. Cuando llega a casa, llama con los nudillos. Son tres golpecitos, todos iguales, como queriendo no molestar, como si visitara la casa de un enfermo. Siempre es la misma llamada. Y siempre que la escucho abro y encuentro esa sonrisa que tanta paz me ha procurado y que, seguramente, aún me dará.

–Buenos días, Ana.

–Te traigo unas verduras que he recogido del huerto. Poca cosa. He visto que no has salido de casa en dos días y he pensado...

Todo lo decía de corrido mientras, con unos cuantos pasos, alcanzaba la mesa que tenía dispuesta junto al fogón.

–Debes salir, hija. Ver a tus familiares, a tus amigas. No debes estar metida en casa todo el tiempo.

–Hace demasiado calor –respondí–. Es solo eso. No me apetece salir. No se preocupe.

No habíamos tomado asiento cuando alguien llegó a la casa. Su llamada a la puerta era dura, lejos de la dulzura con que Ana anunciaba sus visitas. Éstos eran golpes violentos. Era alguien con prisa o que se sentía perseguido.

–¿Quién va? –pregunté.

–Un correo.

Abrí con urgencia y vi a un hombre joven que me mostraba un papel lacrado en una mano, mientras sujetaba, con la otra, las riendas de un caballo. Sentí el aliento de Ana a mi espalda.

–Decidme. ¿Sois Beatriz Enríquez de Harana?

–Lo soy.

–Traigo un mensaje para vos.

–Dadme la carta.

–Tomad.

–¿Esperáis respuesta? –le pregunté.

–No tengo indicación en tal sentido, salvo que vos decidáis darme alguna nota de vuelta. Os puedo ayudar en la lectura, si tal cosa queréis.

–No, no es necesario, gracias. Sé leer. No os preocupéis.

–Si precisáis algo estaré en la posta que hay junto a la venta, a la espalda del Alcázar.

Cerré la puerta y rompí el lacre. Estaba plegada en la manera en que a Cristóbal gustaba hacerlo. Pero la firma no era suya, sino de su hijo mayor, Diego, a quien tanto cuidé y quise tiempo atrás. A buen seguro que aprendió de él la forma de escribir y cerrar sus mensajes. Abrí con despacio los seis pliegues que formaban aquel rectángulo tan perfecto. Antes de leer el escrito aspiré el olor del papel queriendo encontrar un aroma que no hallé. La carta, obviamente, no era de Cristóbal.

«ESTIMADA BEATRIZ

SIENTO SER PORTADOR DE MALAS NOTICIAS. MI PADRE, EL ALMIRANTE Y VIRREY DE LAS INDIAS, A QUIEN TANTO AMASTEIS DURANTE EL TIEMPO QUE POR CÓRDOBA ESTUVO, HA DEJADO DE EXISTIR EN EL MUNDO DE LOS VIVOS. SU CORAZÓN SE PARÓ PARA SIEMPRE EN VALLADOLID EL PASADO VEINTE DE MAYO, DÍA DE LA ASCENSIÓN. DIOS QUISO ESPERAR LA CONFESIÓN DE SUS PECADOS Y SU COMUNIÓN ANTES DE PEDIRLE QUE, COMO BUEN CRISTIANO, LE ENTREGARA POR FIN SU ALMA.»

Ni una sola lágrima escapó de mis ojos, secos de tanto sufrimiento pasado. Aun así, un ligero temblor recorrió mis piernas. Tomé asiento.

—¿Qué pasa, Beatriz? ¿Qué ocurre? —preguntó Ana.

—El navegante ha muerto —le dije.

Por un instante estuve a punto de lanzar un sollozo. Pero me contuve. No tenía ganas de mostrar dolor por su muerte. Y menos aún ante Ana, que tanto me había visto padecer por su causa.

—¿Quieres que me quede contigo? —preguntó—. Si lo prefieres vengo más tarde, o vienes tú a mi casa.

—Prefiero que permanezca conmigo mientras sigo leyendo.

«ANTES DE EXPIRAR, EL ALMIRANTE RATIFICÓ POR CODICILO SU TESTAMENTO DE UN AÑO ANTES EN EL QUE HACE MENCIÓN DE VOS Y POR EL QUE ME PIDE SEA ENCARGADO DE VELAR POR VUESTRA SUBSISTENCIA CON LOS DINEROS QUE FUERE MENESTER.

»A LA ESPERA DE RESOLVER ALGUNAS CUESTIONES CON LA CORONA, LOS BIENES Y POSESIONES DE LA FAMILIA ANDAN MENGUADOS. AUN ASÍ, ES MI PROPÓSITO Y EL DE MI HERMANO, VUESTRO HIJO, QUE TAL COMO MANDÓ EN SU AGONÍA NUESTRO AMADO PADRE NO OS FALTE NADA QUE PODÁIS PRECISAR. EN PRÓXIMOS DÍAS RECI-

BIRÉIS UN NUEVO CORREO CON UNA CANTIDAD SUFICIENTE DE DUCA-
DOS CON QUE HACER MÁS GRATO VUESTRO PASO POR LA VIDA.
»CON EL AFECTO DE QUIEN UN DÍA OS TRATÓ COMO MADRE
PROPIA.»

DIEGO COLÓN,
VALLADOLID, A VEINTICINCO DÍAS DEL MES DE
MAYO DE MIL E QUINIENTOS E SEIS AÑOS.

Mala conciencia hubo de tener Cristóbal para querer comprar así la tranquilidad y el buen paso a la vida eterna.

–Lo que más siento, Ana, es que la carta haya sido escrita por Diego. Siento no recibir ni una sola línea por parte de Hernando. Y tampoco entiendo por qué el navegante ha encargado a Diego mi cuidado. Debe hacerlo mi hijo. Así tendría la oportunidad de verle, abrazarle, decirle, en fin, cuánto le he echado de menos... ¿Qué le habrán dicho de mí para que no quiera saber nada, para que no quiera verme siquiera?

–Seguro que no hay nada de eso. La realidad siempre tiene tintes más simples que aquellos que imagina nuestra cabeza. Piensa que Cristóbal ha hecho el encargo a su hijo mayor, a quien es su sucesor, su heredero. Seguro que consideró que Hernando es aún muy chico.

–Tiene dieciocho años, casi.

–Aun así. Para el navegante es su hijo pequeño. El que puede proveerse de fondos, el que puede hacer entregas y donaciones es el otro, Diego. No pienses más allá, porque nada vas a encontrar salvo seguir martirizándote.

Aquella carta de Diego Colón reabrió heridas nunca del todo cerradas. Como de un golpe fatal y traicionero se hicieron vías en mi memoria para que viajaran por ella los recuerdos del amor y el desamor. Ana miraba fijamente a mis ojos y un poco turbada intentó comprender cuántas ideas podían llegar a mi cabeza. Tomó mi mano derecha entre las suyas, suponiendo una aflicción mayor que la que realmente sentía en esos momentos.

–Con su muerte –dijo– tal vez desaparezca también el odio que tanto te mortificaba.

–Puede ser... –respondí escueta y lacónica.

–Creo, Beatriz, que eres mujer afortunada...

–No, Ana, no. Eso no puedo admitirlo.

–Pues lo eres. Mira. Has conocido desde su inicio una de las más grandes aventuras que contarse puedan. Has dado un hijo al navegante. Un hijo que es tuyo y que más adelante se beneficiará de la Conquista de las Indias. Un hijo que tendrá una vida más placentera que la que hubiera tenido de estar en Córdoba, viviendo en una casa humilde como ésta y sin saber si al día siguiente tendrá o no tendrá qué comer, expuesto a la enfermedad y a la pobreza. Tu hijo Hernando, el hijo del navegante, es hombre culto, ha sido educado con los hijos de los reyes y con los descendientes de los nobles más importantes del Reino. Ya me dirás si merece la pena haber vivido tu vida. Yo creo que sí.

–No se preocupe, Ana. Valoro mi paso por este mundo y el lugar que Dios escogió para mí. El problema es que he sufrido demasiado. Excesivamente tal vez. Y lo peor, sin duda, fue dejar de ser amada.

–Lo mejor fue ser amada. Piénsalo de este otro modo.

–No la entiendo.

–Es muy sencillo, Beatriz... Has amado y has sido amada. Ya sabemos que se acabó y que el dolor de la pérdida ocupó muy pronto el lugar del placer. Pero fuiste amada. ¿Sabes lo que eso significa? Yo nunca tuve un amor. Y no conozco a otras personas, salvo a ti, que amaran y fueran amadas. Yo nunca matrimonié, ya lo sabes... Pero no te voy a hablar de mí. No sé cuántas bodas conoces que siguieran al querer... ¿Crees acaso que tus padres se amaron? ¿Crees que tu tío y sus esposas se amaron? Tal vez hubo afecto tardío, por la costumbre. Pero no hay amor cuando muchos matrimonios se conciertan aun antes de que los contrayentes se conozcan siquiera. ¿Se aman acaso los pobres que solo miseria comparten? ¿Se aman acaso los reyes? No creo que don Fernando amara a doña Isabel. Todo el Reino sabe que el soberano anduvo saltando de lecho en lecho y que Castilla está poblada de bastardos del aragonés. No hay tanto amor en esta vida. Hay amantes y amados, pero muchas veces están fuera del matrimonio. Pienso que hay más amor en las mancebías que en las casas de familia. Es así según lo veo y según me cuentan.

–Ana, por Dios. No siga.

Hastiada de ese afán de consuelo innecesario, cansada de tal sentido práctico, dejé en un aparte aquel largo monólogo de Ana. El ambiente sofocante me alteraba. El calor, y no la carta de Diego, era la causa de tal tensión, de tal cansancio. La culpa era del bochorno. Debía de ser así por cuanto mi corazón saludaba tranquilo, despacioso y frío a la memoria, ahora difunta, del navegante. De haber muerto años atrás, cuando solo pensaba encontrar tierras más allá del mar, yo misma le habría acompañado a las Tinieblas. Pero hoy no. Agradezco el sincero esfuerzo de Ana por hacer más pasajero un dolor que hace tiempo dejó de residir en mi alma.

Habría querido reservar una pizca del llanto anterior para llorarle ahora. Pero no puedo. Tanto suplicio me dio en vida, que su óbito es incapaz de arrancar una sola de mis lágrimas. Me volví de nuevo hacia Ana y le dije:

–No se esfuerce. Ya no sufro como antaño. Siento su muerte, me duele, pero no voy a llorar por él. Hace años que mi corazón es témpano para el navegante. Siempre estuve dando. Dar sin recibir fue lo mío. En un cierto sentido, se ha expresado de forma razonable. Es verdad que conocí el amor, pero solamente mi amor. El que yo sentía. Podrá decirme incluso que fui afortunada solo por eso, por saber lo que es sentir el amor aunque no me sintiera amada.

–Pero él también te amó. A su modo, pero te amó.

–Se amó a sí mismo. Todo giraba en torno a él. Los socios, los amigos, sus hermanos. Yo misma sabía que mi vida tenía un centro que era él. Únicamente sus hijos, según estimo, han recibido su afecto inagotable, su más sincero amor. Los demás, todos nosotros, solo hemos sido objeto de su piedad o de su trato.

–No seas injusta, Beatriz.

–No lo soy. Es que...

–¿Qué?

–Nada. Solo que habría querido compartir su gloria cuando fui partícipe de su lucha, de su espera, de su quebranto ante el trato desdeñoso de los reyes. Sé que no fue posible. De sobra conozco que un hombre es aquel que partió hacia las Indias, y otro bien distinto el que trajo el descubrimiento a la corona —después de un breve silencio añadí–: Ana, ahora sí. Ahora sí preferiría estar sola...

–Está bien. Me voy, pero ya sabes que puedes llamarme cuando y cuantas veces quieras.

–Gracias.

La despedí y cerré la puerta. Si hubiera matrimoniado con el navegante hoy estaría cerca de mi hijo. Pero él nunca pensó en ello. Y si lo hizo, jamás salió de su boca una propuesta en tal sentido. Ni siquiera al nacer Hernando hizo inclinación alguna de unirse a mí como la iglesia de Nuestro Señor manda... Solo vino, según creo, a comprobar que el niño se llamaba como el rey. No le importaba yo sino sus proyectos. Quizá temió perder su libertad de viajar, de descubrir, como decía. Temor vano el suyo; no sabía el pobre que, aun casado, libre le quería yo.

Todo aquello me dolió. ¿Cómo no iba a dolerme? Siempre sentí su ausencia de compromiso para conmigo y más cuando, a la vuelta de las Indias, le rodearon nobles y plebeyos, aduladores todos, que formaron un muro infranqueable entre ambos. Si antes de partir hubiera querido...

Pero después de aquel maldito viaje ya era imposible. Ya lo sé. ¿Qué brillo podía dar esta pobre y burda lugareña de Santa María de Trassierra al Almirante, al Virrey de las Indias? ¿Cómo competir ante las cortesanas?

A la hora de conocer su muerte, recordé al hombre joven llegado de la Rábida pleno de fantasías. No quise imaginarle en la vejez y en la agonía sino evocar aquel rostro feliz de quien quería navegar al revés. Era el pensamiento que menos odio me procuraba. En un vago esfuerzo por sentir la pena que ya no tenía, leí la carta fúnebre de Diego. Volví sobre aquellas líneas sin que la emoción y el dolor asomaran. A tal punto llegó mi frialdad, que solo tuve un deseo: que aquellas dificultades con la corona –a las que hace referencia en su mensaje– no hicieran peligrar la ayuda que a modo de socorro o de limosna prometía el hijo mayor del navegante y que tanto necesitaba. Que Dios lo tenga en su Gloria.

17

De él pendiente, aun en la lejanía

«QUE SEPAN TODOS LOS PUEBLOS DE LOS MIS REINOS DE ESPAÑA QUE EN USO DE MI PODER AL QUE NADIE MENOSCABA (...) CONDENO SIN ENJUICIAR Y CON SENTENCIA INMEDIATA A DOSCIENTOS CUARENTA Y NUEVE COMUNEROS DE MÁS TALLA A MORIR SI SON SEGLARES Y SI CLÉRIGOS QUE SALGAN DE LOS CONVENTOS E IGLESIAS PERDIENDO CUANTO LES VALGA.»

FIRMADO EN WORMS,
VUESTRO REY CARLOS I DE ESPAÑA.
DEL POEMA HISTÓRICO «LOS COMUNEROS»,
DE LUIS LÓPEZ ÁLVAREZ.

Ana tenía razón. Meses después de la muerte del navegante una cierta tranquilidad fue haciéndose hueco en mi corazón y en mi alma. Los días pasaban más plácidos y fui reviviendo los recuerdos con ayuda del tiempo y sus veladuras, agrandando los más hermosos y entregando al olvido aquellos que más me dañaron. Llegué a pensar que con esa paz recobrada bien podría, más adelante, presentarme ante Hernando o atraerle hacia mí dejando atrás, en intervalo arrinconado, los días de nuestro alejamiento.

Tendí algunas redes y puentes para saber de su vida, de sus progresos. Y así pude conocer cuán buen nombre adquiría en la corte y de qué manera don Fernando le había protegido desde el fallecimiento de su esposa, nuestra buena reina Isabel, acaecido muy poco tiempo antes del óbito del navegante. Supe por carta de los marqueses de Moya, ante quienes insistí en tener noticias de mi hijo, que Hernando gozaba de buena salud y de inmejorable fama y predicamento, a tal punto que –aun con su juventud– era hombre reputado por su afición al estudio y por sus conocimientos de filosofía e historia. Por primera vez, según creo, di por buena la decisión de Cristóbal de hacerle educar entre infantes y nobles y aparté, sin demasiado esfuerzo, muchas de las angustias pasadas.

En esa especie de proceso de reconciliación con la vida fui cuidando de mi Hernando en la distancia y en la única manera en que me era posible: rezando por él para que las cosas que emprendiera y su propia existencia le fueran gratas. En cuanto a mí, fui viviendo de los recuerdos y dejé pasar los años sin entregarme sinceramente a nadie. Tuve amantes que fueron pocos, discretos y a veces anónimos; fue por recordar los pasados sabores del amor y no tanto por sentir afecto o querer, que bien sabía yo que ningún hombre podría borrar el sello que en mí dejó el navegante. A ninguno de aquellos encuentros di siquiera minúscula importancia, salvo el de saberlos gratos por permitirme el paso de la noche al día sin el resabio amargo de la soledad. De cualquier manera, fueron tan escasos que ni siquiera Ana, tan fiel compañera, tuvo sospecha de que pudieran haber sucedido. Secretamente vinieron y en secreto los mantuve.

Un día, en llegando la primavera de 1509, don Fernando

se casó con la franca Germaine y mi hijo siguió a su servicio, manteniéndose el afecto que entre ambos se tenían. En ello estuvo incluso durante el tiempo en que el rey enfermó por su vicio extremo en la coyunda, la misma propensión que años antes se había llevado a su hijo y heredero, don Juan, hasta el ocaso. El mal del soberano fue, según nos cuentan, haber tomado un bebedizo hecho con testículos de toro que unas damas de la reina Germaine le habían preparado para aumentar su potencia viril mermada ya en la sesentena. No pudo recuperarse de aquel penar y unos años más tarde dejó de respirar en Madrigalejo, después de haber implorado que cuando el Señor le arrancara el alma fuera su cuerpo enterrado con el de doña Isabel, a la que en hora tan desabrida demostró tener en gran estima.

Mi Hernando estuvo con el rey hasta su entierro. Y en tiempos de la regencia de Cisneros, a quien Dios tiene junto a sí, mi hijo ha sido considerado, según creo, como uno de los funcionarios más altos y más sabios de la corte y como tal ha sido recomendado a don Carlos, el primogénito de nuestra buena Juana y de su esposo don Felipe, que ahora hereda el trono unificado de sus abuelos.

—Me gusta ver que disfrutas con los destinos y honores de tu hijo. Comparto tu felicidad y tu gozo por cuanto algo mío es también por haberte ayudado en su cría —decía Ana con una profunda y sincera satisfacción.

—Sí, es cierto que me siento muy orgullosa. Orgullosa y feliz por ver cuánta consideración tiene de quienes le rodean.

—Al final habrás de convenir en que no lo hizo tan mal el navegante.

–Con Hernando lo hizo bien, sí. Conmigo fue de una a otra equivocación. Creo –dije pausadamente– que Cristóbal, en su sabiduría, bien podía haber dado la educación que dio a nuestro hijo sin que éste tuviera que dejar de saber de mí, sin que hubieran de romperse nuestros lazos. De cualquier manera, sí estoy satisfecha de cómo son las cosas para él, de cómo le ha ido en la vida. Espero también que no se demore mucho más este no vernos y que si un día toma esposa me lo haga saber. Dios quiera que pueda verle con mujer e hijos, e incluso criarlos y darles el amor que tanto tiempo estuve guardando para él.

Esta felicidad que veo nacer en mí tiene solo un leve contrapunto en la inestabilidad creciente del Reino. Los cordobeses viven algo alterados por la rebelión de las Comunidades. Muchos son los que han tomado partido por los caballeros que se han levantado contra don Carlos, algunos llegan a hablar de él con un lenguaje poco apropiado para tratar al rey de España, por más que su lengua y su origen sean flamencos. No sé; creo que la lucha es inminente. Tenga razón quien la tenga, no quiero que la sangre y la muerte corran de nuevo por Castilla. Ojalá que el rey haga lo debido para acallar tales voces y se apague el griterío de quienes claman por la revuelta sin que tengamos que asistir a una carnicería, como parece que ha de ocurrir. Al menos eso dicen quienes sin parar hablan en los mercados de la rebelión comunera.

–Creo que habrá guerra por delante, nadie acepta el mandato de quienes intentan gobernarnos desde Gante o desde Worms –decía un tendero desde su puesto mientras varias mujeres esperábamos a ser atendidas.

Worms. Allí estaba Hernando por estas fechas, a donde había acudido junto al grupo de funcionarios que acompañaban a don Carlos. En esa ciudad se habían reunido quienes decidieron ofrecerle la corona imperial de Maximiliano, su abuelo paterno. Allí atendía los asuntos de un vasto imperio que ahora debía gobernar.

–Los súbditos armándose para larga lucha y el rey en Worms –lo decía Ana con un cierto y sorprendente desapego hacia don Carlos.

–Y con él mi hijo, no lo olvide –le respondí.

–No lo olvido. Y también temo por su futuro. Desearía que nada de esto ocurriera. Pero ya sabes que son muchos los nobles y caballeros que están armando a sus mesnadas. Hasta hombres de religión se unen a los jefes de las Comunidades.

–El regente Adriano también arma un ejército.

–Sí, ya lo sé. Los imperiales. Así los llaman ya. Guerreros a sueldo. Una milicia para defender los intereses de don Carlos y de los flamencos...

Ana me sorprendía con sus resquemores hacia el emperador y con su naciente afecto por los comuneros.

–Ana –le pregunté–, ¿por qué esta guerra que se anuncia? ¿Qué oye, qué se dice?

–Lo único que sé, Beatriz, es que hay mucho descontento y que algunos animan a los insatisfechos para que se rebelen.

–Pero ¿por qué?

–Dicen que el regente Adriano de Utrecht hace y deshace a su antojo sin el conocimiento de don Carlos. No creo que las cosas sean así. Pienso más bien que aquello que Adriano ordena es por obedecer al rey. El caso, en fin, es que son muchos, cada vez más, los que no aceptan a los extranjeros. Ha dolido profundamente que el arzobispado de Toledo, el que ocupara Cisneros, sea hoy de un jovenzuelo sin más mérito que el de ser sobrino de un consejero del rey.

–También es joven don Carlos; tiene sólo veinte años.

–Demasiado joven y muy ambicioso, según creo.

–Ana, por Dios. Don Carlos tiene que gobernar ante el estado mental de su madre. Doña Juana vive en retiro.

–Vive en encierro, en Tordesillas. Lo que quieren los comuneros es liberarla de su prisión, porque no está loca sino apartada por su hijo para que no interfiera en los desmanes de los flamencos. Uno de ellos, el tío del cardenal, el señor de Chievres, es quien más ventaja está sacando de la general rapacidad. A tal punto llega su codicia, que los ducados de a dos reposan en los cofres de sus palacios.

Lo que temía ocurrió finalmente. Estalló la guerra y con ella el odio y la muerte. En Toro, en Valladolid, en Palencia, en Burgos. La rebelión comunera se había hecho general. De todas partes salían hombres armados, unos a caballo, la mayoría a pie, todos en la meseta castellana se lanzaron en lucha contra los flamencos. De Sevilla, de Antequera, de Córdoba... apenas se movieron. Sí en cambio los de Medina, de Zamora, de León, de Segovia, de Valladolid... Cada vez eran más quienes se alzaban frente al emperador. Sobre todo a partir del relato que hacían los juglares del modo en que los imperiales habían mandado incendiar la iglesia de Mora, donde se refugiaban viejos, mujeres y niños. Todos perecieron abrasados y aquellas llamas hicieron arder más y mayores ansias de justicia. Seglares y hombres de religión también. Todos se armaron y se dieron jefes con que organizar la revuelta. Los más expertos enseñaron a los demás en el manejo de las armas... Los imperiales, por contra, tenían un gran ejército y recibieron la orden del emperador de acabar con los revoltosos y de imponer la autoridad real a sangre y fuego.

Hubo terribles batallas en los campos y enfrentamientos en las ciudades, cuchilladas entre partidarios de uno y otro bando que se me antojaron terribles por ser pelea entre hombres nacidos en una misma tierra. Finalmente, se impusieron la autoridad y la fuerza imperial. Desde Flandes, don Carlos ordenó que se actuara con dureza y los comuneros fueron fieramente perseguidos. Finalmente derrotados, los rebeldes se rindieron en Villalar... A los muertos en batalla se unieron aquellos otros que fueron despedazados en oferta. Los jefes fueron decapitados y sus cabezas expuestas en altas picas, para que todos vieran cuál podría ser el final de cada uno si es que insistían en volver a rebelarse. Los rollos de los pueblos y ciudades sirvieron a nuevas ejecuciones y el luto se extendió por todas partes. La guerra de las Comunidades había terminado. A su regreso, el emperador halló un país en la paz de la muerte y en el ejemplo de los escarmentados. Y con él volvió mi Hernando y me alegré de ello.

Pasado un tiempo, empecé a tener ciertas necesidades. Se encareció la vida y las pocas rentas que tenía no me daban para mucho. Hube de implorar a mi hijo y a Diego que no fueran mezquinos para conmigo, que tuvieran a bien ayudarme y me evitaran el dolor de la pobreza, que me socorrieran ante la enfermedad... y que mostraran algún interés por mi persona. Fueron olvidadizos y entre sus menesteres no debió de estar el de saber cómo me encontraba. Una y otra vez debí hacerles requerimientos para que cumplieran aquello que les fue ordenado por su padre. Entre los viajes que ambos hicieron y otras cuitas, como acompañar a don Carlos o aplacar la rebelión comunera –contra la que anduvieron tan empeñados–, nunca tuvieron tiempo que dedicarme.

18

Esperando un final

> DONDE ES GRADECIDO
> ES DULCE MORIR
> VIVIR EN OLVIDO
> AQUEL NO ES VIVIR
> MÁS VALE TROCAR
> PLACER POR DOLORES
> QUE ESTAR SIN AMORES.
>
> CANCIONERO DE JUAN DE LA ENCINA

Las campanas de los dominicos han tocado a cubrefuegos. Apago la bujía que me ha permitido leer viejas cartas y una estampa que creí perdida y que sirvió para anunciar el primer descubrimiento, hace ya treinta años. Las tintas de ese octavo de cuartilla están desvaídas; las letras apenas se distinguen. El tiempo y muy seguramente la premura con que fue impreso hacen de ese papel un documento a extinguir. Sin embargo, lo guardo por si un día Hernando viniera a buscarlo. Dicen que mi hijo destaca por su saber en las letras y las leyes. No me extrañaría que tan diminuto papel fuera, más que yo misma, motivo de una venida suya a Córdoba. Con esa esperanza lo dejo caer en el fondo de un cajoncillo donde otros volantes, legajos y recuerdos esperan su regreso.

Tengo cincuenta y cinco años y he de agradecer a Dios que me haya permitido vivir hasta ahora, aunque bien pudo ahorrarme algunos pesos como dejó sobre mis hombros. Me he sentido fuerte hasta hace bien poco, pero los achaques de la edad empiezan a visitarme. El frío y las lluvias tan intensas del último invierno me atacaron de tal modo que creí no ser capaz de alzar mi cuerpo y ser finalmente carne de pudridero. Nuestro Señor quiso ser benévolo conmigo y me dio fuerzas para seguir con vida, aunque me dejó una tosecilla de recuerdo; tal vez quiera que no olvide que la muerte puede andar rondando cerca de mí. Cada noche he de hervir unas hojas de eucalipto, olmo y flores de manzanilla; antes de tomarme el bebedizo, aspiro sus vapores para mitigar el ardor que en mi garganta crece de tanto carraspeo. Pero a cada mañana vuelven las toses y con ellas la preocupación.

Está claro que este desmadejamiento mío no deja mucho espacio a las alegrías. Menos mal que a falta de unas espaldas más anchas la Providencia me ha dejado la compañía de Ana; un hermoso préstamo del destino. Ella es mucho mayor que yo; tiene más de setenta. Pero siempre está igual, o al menos eso me parece. No advierto cambios especiales en ella porque ya tenía el pelo cano cuando la conocí. Desde entonces unas cuantas arrugas se dibujaron en su frente y encorvó su cuerpo tan enjuto, pero nada más. Cuando el nacimiento de Hernando, mis tíos me recomendaron que la tomara como ayuda y se quedó, cerca de nosotros, para siempre.

Ahora, abandonadas a nuestra suerte, lejos de los hombres –cada una por distinta razón–, allí estábamos, en dos viviendas casi contiguas, en la misma calle y collación, tratando de hacernos la existencia un poco más fácil. A veces me canso de sus retahílas de frases hechas, de sus manías –en eso sí se me ha hecho vieja la pobre– y de su permanente convicción de que siempre tiene razón por el hecho simple de haber nacido unos años antes. Pero creo que mi vida sin su presencia tendría tintes mucho más oscuros de los que ya tiene. La he querido y la quiero como si fuera aquella madre mía que tan pronto se me fue, o como la hermana mayor que nunca tuve. Siempre le he hablado de «usted». Al principio lo hice por indicación de la tía Lucía.

–Ten en cuenta –me dijo– que aun en la humildad de tu situación ella es una sirvienta. Debes mantener distancia si quieres ser respetada. Es buena persona y por eso te la recomendamos tu tío y yo misma, pero no debes actuar de modo que ella adopte posición superior a la tuya o que piense que tu casa, tu hijo o tú misma sois parte suya...

Y así lo hice al principio. Después no. Mantuve el usted en nuestro trato por razón de su edad, pero no por aquella fría distancia que, según se supone, hay que crear entre personas de diferente condición. Ella, por su parte, solo me llamó de usted durante unos días. Pasadas dos semanas, el «tú» se le fue escapando y ya fue su tratamiento habitual para conmigo. Y contraviniendo lo advertido por mi tía, Hernando y yo misma pasamos a ser los niños de Ana, los hijos que nunca había tenido. Venía y nos cuidaba mientras esperábamos al navegante. Después, cuando Cristóbal, Hernando y Diego salieron de esta casa para no volver jamás, ella se transformó en confidente y en indulto perpetuo para tantas niñerías, sufrimientos y contradicciones como de mí hubo de sentir, ver y escuchar.

Solía decir Ana que las cosas siempre pueden ir peor de lo que van y terminaba con recomendaciones como que diéramos gracias a Dios por permitirnos estar en la Tierra y ver las maravillas de su Creación, por malas que nuestras vidas propias hayan sido. Nos regalaba sentencias de ese tipo, que nunca fui capaz de compartir demasiado y que aún hoy entran por mis oídos sin vocación de permanecer en mi cabeza.

Lo que ahora me ocupa es esta tos que arranca cuanto a su paso encuentra. Ayer estuve tosiendo tanto tiempo que hasta gotas de mi sangre vi en los pañuelos. Hoy me encuentro algo mejor, aun cuando no cesan los estornudos, ahogos, carraspeos y este continuo tragar de amarga saliva. Ana no ha podido aguantar sus temores y, bien de mañana, ha terciado en el asunto de mi enfermedad.

–No quisiera preocuparte en demasía, Beatriz, pero de seguir así deberíamos acudir a la botica en busca de un remedio más efectivo. Esos vahos con hojas y las infusiones que tomas suavizan y calman pero, a lo que veo, son incapaces de acabar con tu mal.

–Tiene razón, Ana. Iremos donde diga. Mejor nos acercamos al físico. Es demasiado tiempo tosiendo y, la verdad, cada vez me encuentro peor. Mañana iremos, sin perder un solo día más.

Si la enferma fuera Ana no se preocuparía tanto. Pero conmigo, todo es diferente. Siempre está atenta y sufre más por mis toses que si de ella partieran. Desde que nos conocimos, fue dándome de su persona todo lo que pudo como si en verdad fuera su «niñica», como decía. Por mi parte, solo pude compartir cuanto de material tuve, que tampoco fue demasiado. Hoy, ni eso puedo hacer. En mi escasez, apenas poseo esta humilde casa de dos piezas y suelo terrizo que ya hace hondonada de tantas barridas como le hemos dado. Tengo, eso sí, el privilegio de una hornilla de dos fogones que un día me trajeron por encargo del navegante y que nos ha permitido comer caliente en estos años. Entre sopas y cocidos nunca faltó qué echarnos a la boca. Y poco más puedo decir sobre una hacienda tan mermada que ahora, tal vez, no me permita hacer frente a una enfermedad que supongo grave. He ido vendiendo cuantas posesiones tuve –la mayor parte de ellas heredadas de mis padres y de mi abuela– para poder vivir tan decentemente como debe hacerlo la madre de quien es hijo del descubridor de las Indias Occidentales; o de ese nuevo continente como, según dicen, parece haber encontrado sin saberlo. El caso es que hace dos años tuve que deshacerme de dos casas en la collación de San Bartolomé y hoy apenas me queda un cuarto de aquellos cincuenta mil maravedíes que el canónigo Ruiz quiso darme por ellas. Malas ventas que se hacen cuando la necesidad apremia.

Si esta enfermedad me exigiera gastos especiales tendré que recurrir a Hernando. No quisiera hacerlo. Cuando alguna vez hubo de socorrerme, lo hizo por persona interpuesta y eso no debe ser de hijo para con madre. Por otra parte, ni él ni su hermano Diego fueron demasiado prestos a la hora de cumplir con los encargos que Colón dejó para mí en su lecho de muerte, y no creo que las cosas fueran a cambiar ahora. En su olvido piensan, según creo, que los arrendamientos de las carnicerías cordobesas me permiten vivir de forma holgada. No saben los pobres cuánto ha cambiado y se ha encarecido la vida y cuán estables han permanecido aquellos haberes.

Apenas dormí intentando recordar cuándo comenzó esta enfermedad y cómo ha ido cambiando mi padecer. Quería que el médico tuviera toda la información para hacer un examen lo más preciso posible. Muy de mañana, antes de ir a la consulta del físico, salimos Ana y yo hacia el mercado. Queríamos aprovechar el tiempo y comprar unas telas y una pequeña porción de seda, algunas cuentas de vidrio y azabache de adornar. También llenamos la cesta de verduras y de aquellas frutas y hortalizas como tomates y «maíses» que empiezan a crecer en cosechas regulares y que tanta alegría dan a los paladares de los cordobeses, por más que éstos anden tan ocupados en hablar de esa nueva rebelión de las Germanías, que mantiene agitada a Valencia y que amenaza con dar nueva larga batalla al Reino. Cuando creíamos cerrada ya la guerra de las Comunidades, se renueva la lucha en el Levante por obra de un tal Encubierto que dice ser hijo del infante don Juan, que Dios tenga en su Gloria. Ese guerrero es, por ahora, el motivo principal en la charla de los comerciantes y artesanos que venden sus piezas, vituallas y frutas en los patios de la Mezquita.

Hacía tiempo que no iba por el mercado y no lo recordaba tan bullicioso como este día. Normalmente era Ana quien hacía mis compras. Aun siendo cuatro lustros mayor que yo, tenía una energía fuera de lo común y, desde luego, muy superior a la mía. Le gustaba tocar la mercancía, regatear en los precios y hasta trocar por viandas aquellas determinadas prendas y costuras que ella y yo misma cosíamos y bordábamos en las largas tardes de encierro en casa. Me pareció excesivo el griterío de vendedores y clientes. Personalmente siempre aprecié los pequeños puestos que hace años se instalaban en la judería. El ambiente era más tranquilo y las frutas y verduras eran expuestas en cajas de madera adornadas con papeles coloreados. Los olores, sin embargo, eran... algo más vivos, más llamativos para el olfato que los que me llegan de este otro mercado tan excitado por ese guerrear, que tanto me recuerda la lucha que sostuvieron dos años atrás los imperiales y las mesnadas comuneras.

Ahora he de pensar en mí. Debo ocuparme de superar este mal que se me agarra al pecho y que tanto martiriza mi garganta. Cada vez estoy más débil y son raros los días en que la fiebre no viene a visitarme. Y temo que, tal vez, llegue demasiado tarde a esta cita con un médico y que no haya remedio eficaz contra aquello que desde dentro me ataca de esta manera.

El físico al cual acudimos es hijo de aquel Díaz de Torreblanca que acudía a las tertulias de Esbarroya y al que un día llamé para que curase al navegante de sus males de piedra. Hemos subido hasta el primer piso, donde otros enfermos esperan a ser atendidos, entre ellos dos pequeños que tanto me recuerdan aquellos días en que Hernando y Diego estaban conmigo. Una hora después –habíamos llegado sin cita previa–, fue el propio médico quien salió a recibirnos.

–¿Quién es la enferma?

—Yo –respondí, queriendo reconocer en sus rasgos los de aquel otro Díaz de Torreblanca. Me quedé mirándole unos segundos.

—Pasen por aquí, por favor.

Observé sus manos cuando tomó entre ellas la pluma y el tintero con los que anotar mis síntomas. Eran iguales a las de su padre. Su rostro no. Quizá los ojos fueran parecidos, pero no sus labios o la forma de su cabeza. Este Díaz de Torreblanca conservaba además todo su cabello y era algo más alto.

—¿Vive su padre? –le pregunté.

—Sí, afortunadamente vive todavía. Está a punto de cumplir los sesenta y ocho años pero goza de una salud envidiable. Ahora prefiere dejarme..., cómo decirlo..., ¿el peso del negocio? Sí, eso es, el peso del negocio. Ya es hora de que descanse un poco. Sin embargo, aún siente el deseo de llegarse hasta aquí e incluso de atender a determinados clientes para quienes sigue siendo su médico. ¿Conocieron ustedes a mi padre?

—Creo que todo el mundo en Córdoba le conocía –dije–. Es un médico muy popular. Y además trató a alguno de mis familiares.

—¿De algo grave?

—No. De algo sin importancia...

—Bien, pues dígame qué es eso que le ha hecho venir por aquí.

—Desde hace algunos meses tengo una tos que no quiere abandonar mi pecho.

—Es que es muy terca –interrumpió Ana–. ¡La de veces que le he dicho que viniera a verle! Y nada, ni caso. Se ha conformado con las tisanas que otras personas y yo misma le hemos recomendado.

Pedí a Ana que callara. De sobra sabía yo cuánto había aplazado la visita al médico. De sobra tenía meditados cuáles podían ser mi estado y los temores que frenaban una consulta más profunda. Hace semanas que pienso que este mal mío puede ser incurable. Desde unos meses atrás lo he dejado esparcirse por dentro de mí, evitando a la vez hablar de ello. Pero ahora, de pronto, he sentido el deseo de seguir viviendo, de poner fin al dolor y a las molestias de unas toses que llegan a ser insoportables.

El físico fue preguntándome por el momento en que empecé a sentirme mal. Por los cambios que se habían producido en este tiempo. Si había perdido peso, si me encontraba más débil, y si tenía fiebres con mayor o menor regularidad. También me pidió que le informara sobre si había visto restos de pus o de sangre en el moco que dejaba en los pañuelos. Aquel joven parecía saber, solo con verme, cuál era mi situación. Sus preguntas eran simplemente un medio para certificar aquello que él ya conocía desde el momento en que aparecí en su despacho...

–Creo que tendrá que guardar cama... –dijo mientras me miraba muy fijamente a los ojos–. Es poco prudente haber dilatado tanto el tiempo hasta venir a esta consulta. Tiene un problema cuyo origen está, tal vez, en un catarro mal curado que ha ido derivando en algo que ahora podemos considerar grave.

–Lo que tengo... ¿es incurable ya?

–No, no quiero decir eso ni pretendo asustarla demasiado. Pero ahora tendrá que guardar cama. Deberá mantener un reposo absoluto durante al menos dos semanas. Tendrá que tomar las infusiones que hasta ahora ha venido bebiendo, es buena la ingesta de líquidos. Y sobre todo, beba mucha agua y tome frutas y carne. Alimentos que le hagan recobrar un poco de peso y que, a la vez, le den las fuerzas necesarias para combatir el mal que intenta dañar a sus pulmones. También deben pedir en la botica que les hagan el preparado que ahora les detallo en este papel.

–¿De qué se trata?

–Una combinación de hierbas y plantas con las que bajar la fiebre, cuando ésta llegue, y para ablandar esa tos... Intentaremos que no sufra tanto, aunque durante unas semanas seguirá tosiendo...

Cuando salimos de la consulta, Ana se quedó rezagada para hablar un poco más con el médico... De la expresión de sus rostros deduje que muy poco se podía hacer por mí.

Volvimos a casa, preparamos algo de comer y me acosté con la intención de descansar un rato. Para ese momento ya intuía que nunca volvería a levantarme. En un instante pensé en llamar a Hernando y decirle que era víctima de una grave enfermedad y que muy posiblemente sería incapaz de salir adelante. Tal vez con un mensaje así podría conseguir que viniera a Córdoba, tenerle junto a mí después de tanto tiempo. La esperanza de que volviera, el anhelo de que un día dejara de esquivarme es lo que me ha permitido llegar hasta este día. Creo que un pensamiento tal, adivinar que todo ha de cambiar en un momento, es lo que nos permite seguir viviendo.

Ninguna otra idea, salvo la del reencuentro con Hernando, me unía con este mundo. Quizá por esa razón he ido al médico, para garantizarme unos meses más de vida con los que seguir esperando.

Pensé escribirle, pero finalmente he preferido no hacerlo. No quiero preocuparle. Además, es posible que el físico Sánchez tenga razón y en pocas semanas, superada la fiebre y ganada la batalla a la tos, pueda ya levantarme.

Durante días y días me mantengo acostada en esta habitación sin percibir cambios notables en mi estado, aunque me siento mucho menos cansada que antes. Tampoco hago ningún esfuerzo, aparte de respirar suavemente, intentando engañar a una tos que espera cualquier oportunidad para manifestarse. Y poco más. En este tiempo, Ana entra y sale; acude al mercado, hace las compras necesarias, limpia cuidadosamente la casa, me prepara las comidas y medicinas y alimenta mi curiosidad con los avatares del Reino o los chismes sobre las familias de esta collación nuestra.

Pocas cosas notables han ocurrido, salvo la muerte de nuestro vecino Gonzalo, el alguacil, al intervenir en una reyerta más, de tantas como hay noticia, entre varios delincuentes. Después de que Ana me contara el suceso, vino la mujer del muerto a relatarme más detalles y para encontrar consuelo en alguien que poco más puede hacer salvo escucharla atentamente desde el lecho. Creo que fue Ana quien la animó a venir. Debió de pensar que la historia del alguacil contada por su viuda era un buen modo de darme entretenimiento. Ésta y otras vecinas pasan por mi habitación. Unas lo hacen con interés, por ver cómo me encuentro; otras, para ofrecerme comida, medicinas o consejos. No tengo tiempo de aburrirme, y cuando eso ocurre, leo libros de estampa que dejó el navegante antes de su partida. Con ellos me entretengo y recuerdo momentos menos tristes que estos por los que ahora estoy pasando. Una tarde, mientras leía, Ana me interrumpió.

–¡Ha terminado! –dijo tratando de contagiarme una cierta alegría por algo que, en ese momento, desconocía completamente...

–Ha terminado ¿qué?

–La revuelta del Encubierto. Aquel que se decía bastardo de don Juan, el que afirmaba ser nieto de don Fernando y doña Isabel y que se había rebelado en Valencia. Bueno, pues le han dado muerte. Al parecer han sido algunos de los hombres que con él se levantaron, hartos ya de tanta lucha, de tanto bandolerismo... Ni Germanías, ni Comunidades, ni nada. Puros delincuentes. Eso es lo que eran... Y ya, por fin, parece que respira el Reino.

–Ya ve, Ana. Todo pasa. No hay mal que cien años dure.

Así, con esas u otras conversaciones, pasábamos el tiempo. Fueron semanas, meses de reposo apenas interrumpidos por unos cuantos días, muy pocos, en los que más mejorada y activa me sentía. Y después, vuelta a la cama. Lo he intentado todo, he tomado cuantos brebajes me han dado, he comido con esperanza si no con apetito, y me he agarrado al cabo de la vida como marino en temporal. Pero ahora ya no me quedan muchas fuerzas, o bien la tempestad se ha endurecido. Hace tres noches sufrí un serio empeoramiento en mi estado. Tosí sin parar y la fiebre subió y subió. Ana se quedó junto a mí, no se separó ni un momento salvo para preparar jofainas de agua fría con las que bajar la calentura.

Ahora sí debo escribir a mi hijo, ponerle unas líneas para

que sepa que me encuentro en horas de despedida. Tal cosa es, en estos momentos, algo más que una sensación. No hay duda.

El médico ha venido a verme. Ana ha debido de pedirle que lo hiciera. He visto preocupación en sus ojos. Me ha preguntado si es que siento dolor punzante en el pecho y le he dicho que sí, que es muy fuerte.

–Sobre todo, me duele cuando respiro profundamente. A veces me falta el aire.

–¿Y tose a menudo?

–Sí, cada vez con más fuerza.

–También hay más sangre en los pañuelos –añadió Ana.

Díaz de Torreblanca tomó mi pulso y advirtió que la fiebre era ya muy alta...

–A partir de ahora el reposo ha de ser absoluto. No debe abandonar la cama ni por un momento. Espero que dentro de un mes pueda dar algún paseo corto, en el interior de la casa. Debe tomar mucha leche de vaca o de cabra y alimentos de fácil digestión. Ya lo sabe: «Mens laeta, requies moderada dieta», o lo que es igual: buen ánimo, reposo y alimentación moderada. Y espero, Dios lo quiera, que no sea demasiado tarde.

Pidió el médico que Ana le escuchara atentamente, mientras le explicaba un complejo preparado que había de darme; una infusión de pétalos secos de rosas rojas, que antes debían ser machacados con azúcar en mortero de piedra. El sabor de aquella dulce mezcla fue el único placer que desde aquel momento llegué a tener.

Adiós, Córdoba, adiós

QUIA PECCÁVI NIMIS COGITATIÓNE, VERBO ET ÓPERE; MEA CULPA, MEA CULPA, MEA MÁXIMA CULPA.

Fray Antonio ha tomado mi mano. Reza en voz baja y se santigua. Veo cuerpos deformes. Las monjas que han acompañado al cura se santiguan una y otra vez, mientras farfullan palabras que no puedo entender. Rezan también. Son apenas siete u ocho personas. No tengo fuerzas para contarlas. Han acompañado al viejo padre a esta despedida. Oigo el llanto contenido de Ana. Siento hacerla sufrir en este momento; siento sus lloros más que si fueran míos. Cuánto me gustaría secar sus lágrimas, abrazarla, besarla...

–Hija, ha llegado la hora de confesar a Dios tus pecados. La hora de arrepentirte y entrar sin mancha alguna en la Vida Eterna... Dios Padre te escucha, observa tus pensamientos y espera un acto de contrición de tu parte. Debes pedir perdón por haber vivido en pecado. Por concebir un hijo sin el Santo Sacramento del matrimonio y por arrastrar en vida esa deshonra e insulto para la Iglesia. Dios, que nos ve en esta hora, está dispuesto a perdonarte.

Perdonarme... Escucho esas palabras y noto, en silencio, que mi corazón se altera. ¿Qué Dios es este que me exige una petición de perdón por haber sufrido? Pedir perdón por haber sido humillada y apartada de mis seres queridos... ¿Qué culpa tengo de haber pasado tal calvario? Esperaba del cura unas palabras de afecto, un consuelo en hora tan terrible como la que estoy pasando y solo escucho acusaciones. Estoy confusa. Siento una quemazón en el pecho, como si un madero en llamas quisiera escapar de mi corazón. Es la rabia por lo que oigo. La rabia por ver que, aun en esta hora, he de seguir maldiciendo mi nombre y mi vida...

–Hija querida. Escucha la voz de Dios Padre y de su Hijo Jesus-Christo, en su nombre te hablo. Debes ser fiel a la Virgen, Madre de Dios, y a todos los Apóstoles. Aleja tu conciencia de todo mal. Aléjate de pensamientos vanos y herejes y acepta la única voz de la Iglesia que hoy en este difícil momento te doy. *Pater noster...*

Ya sé que es el momento de ponerme a bien con el Padre... Pero a mi mente son otros los pensamientos que acuden. Recuerdo el rostro del navegante al llegar a Córdoba y su primer beso. El calor de su regazo en los días de lluvia, el ardor de sus labios, sus caricias..., y siento las palmas de sus manos recorrer mi cuerpo. Y en esos recuerdos me pierdo y tiemblo. No puedo, Dios. Qué más quisiera que poder decir lo que este cura espera. No puedo. En mis reflexiones, por más que lo intento, solo está Cristóbal, aquel Cristóbal joven, ensimismado en la redondez del planeta, que un día quiso amarme y me amó y al que yo también amé. Solamente aparecen él y Hernando.

No puedo arrepentirme de aquello que quise, de aquello que fue bueno. Arrepiéntete tú, Dios, de haberme hecho pasar tantas miserias, tantos sufrimientos. Arrepentíos todos de haberme arrancado a Hernando, mi hijo, tan pequeño. ¿Lo sabéis? Me lo quitasteis para siempre. Nunca más tuve a mi Hernando. Dicen cuantos le conocieron que cuando acabó de servir en la corte, ya era hombre adusto, altivo. Un ser para quien su madre no era sino un estorbo al que borrar de la historia, de la vida casi... Aun así quisiera verle. Quiero despedirme de él. Quiero besar a mi Hernando. Dios Santo, ayúdame, haz que venga. Te lo suplico. Si es necesario, me arrepiento. Le diré al dominico que sí, que pequé contra ti, Dios mío, y contra el mundo. Estoy dispuesta a decir que fui despojo humano. Estoy dispuesta a confesar por todos. A daros las mentiras que esperáis. ¡Señor! Esta estancia es un quemadero, un sufridero insoportable... Estoy ardiendo. Cada vez sudo más. Sudo y sufro. La almohada es un yunque sobre el que Dios y todos los santos me golpean mientras me gritan: «¡Arrepiéntete!».

–No puedo, Padre. No puedo arrepentirme –acerté a decir en voz baja.

–¿Qué dices, hija?

–Padre. Creo en Dios, en su Hijo y en el Espíritu Santo. Quiero estar con ellos y con...

–No es, siquiera en la hora de la muerte, momento de mezclar a Dios con otros seres. No, hija, no. Pobrecilla... Solo tienes que contarme tus pecados como emisario que soy de la Santa Madre Iglesia. Besa esta cruz. Así es, hija, así. Es hora de mostrarse dócil a los ojos del Señor. Y rezar. Oremos juntos.

El cura reza y a mis pensamientos llegan Sevilla y Granada y la luz del Darro al caer el sol. O las noches de luna llena en los patios cordobeses. Recuerdo a mi padre labrando la huerta en Santa María de Trassierra. A nuestros amigos. A las monjitas de Santa Inés, tan queridas por mi madre. Recuerdo aquella ventana que daba a la vereda de Jaén, por donde Cristóbal vino de su primer encuentro privado con los reyes. Y me llega, de pronto, la imagen de Hernando, mi pequeño. Era tan alegre y tan travieso... Las vecinas se quejaban siempre de sus trastadas. ¡En cuántas ocasiones, corriendo, arrancó y tiró al suelo la ropa tendida! Una vez, después de las lluvias de noviembre, apareció embarrado a la puerta de casa y corrió hasta el corral para esconderse en el gallinero. Al poco vinieron Antonia, la del carnicero, y María, la del alguacil. ¡Cómo gritaban! Y él, callado. Y yo también, mientras recibía toda clase de explicaciones y quejas por sus diabluras. ¡Ay, mi Hernando! Recuerdo el aroma del azahar; siempre fue mi olor favorito. Lo prefiero a todos los demás. Y ahora más que nunca. Pero hoy, esta casa huele a incienso, y dentro de poco olerá a muerto.

Apenas puedo respirar. El dominico se ha levantado y pasea alrededor de la cama. Habla con las monjas y con el médico. Consulta.

—Nada se puede hacer ya, Padre. Tiene los rasgos de quien agoniza. Puede ser cosa de horas y quién sabe si de minutos. Es poco probable que aguante hasta la medianoche. Diría que se resiste a morir. Que espera la llegada de alguien que nunca vendrá. Pero lleva la muerte escrita en su cara y yo, como médico, nada puedo hacer.

—Le daré los santos óleos.

—Creo, Padre, que es lo mejor.

—Hermanas, ayúdenme.

Fray Antonio susurra algo y noto sus dedos húmedos haciendo la Señal de la Cruz en mi frente. El aire entra a pequeñas ráfagas en mis pulmones. Se cierran. ¡Dios mío! Acógeme en tu seno. Los rostros del navegante y de Hernando se funden en mi frente. Llega uno y luego el otro. Cristóbal y Hernando, Hernando y Cristóbal. Cuánto se parecían. Hernando era igual a Cristóbal. Siempre estuvieron tan unidos... Nunca he visto a un padre y a un hijo quererse tanto. Tanto que ambos se fueron, juntos, en aquel último viaje. Poco, casi nada, supe desde entonces de ellos. En el navegante y nuestro hijo pienso mientras escucho que el cura inicia sus rezos.

QUI PASSUS EST PRO SALÚTE NOSTRA: DESCÉNDIT AD ÍNFEROS: TERTIA DIE RESURREXIT Á MÓRTUIS. ASCÉNDIT AD CAELOS, SEDET AD DÉXTERAM DEI PATRIS...

A estas alturas de la vida, o de la muerte más bien, sé que le amé. Y él, a su manera, también me amó. No entiendo de otro modo que a punto de su muerte recordara mi existencia y obligara, por testamento, a Diego para que me atendiera. Lo hizo tan tarde que no pude agradecerle el detalle. Hoy, al cabo de mi vida, empiezo a entender que fui valladar en su carrera y que fui despedida porque no supe apartarme sola.

... SANCTIFICÉTUR NOMEM TUUM; FIAT VOLÚNTAS TUA, SICUT IN CAELO, ET IN TERRA. PANEM NOSTRUM COTIDIÁNUM DA NOBIS HÓDIE; ET DIMÍTTE NOBIS DÉBITA NOSTRA, SICUT ET NOS DIMÍTTIMUS DEBITÓRIBUS NOSTRIS...

Se oye algo. Un caballo al galope entra en la calle. Golpea duramente el empedrado y se detiene, violento, a la puerta de la casa... Un caballero salta y corre. Grita, sube los peldaños con fuerza, con furia casi, y golpea las paredes. Se llega hasta la casa y corriendo hasta la puerta de la habitación. El cura, el médico, las monjas y las vecinas se dan la vuelta... ¿Será Hernando? Intento abrir los ojos, verlo. Pero no puedo. No tengo fuerzas. Señor, ayúdame. Un poco más, Dios mío. Solo acierto a ver un bulto en la oscuridad... Las velas no pueden darme luz. Intento mover la mano, pero... me faltan las fuerzas. No puedo. No respiro. Me muero... Señor, mi Hernando. Cristóbal.

PER SIGNUM CRUCIS DE INIMÍCIS NOSTRIS LÍBERA NOS,
DEUS NOSTER.
IN NOMINE PATRIS, EL FÍLII, ET SPÍRITUS SANCTI.
AMEN.

«SEPAN QUANTOS ESTA CARTA VIEREN COMO YO DON HERNANDO COLÓN, HIJO DE MI SEÑOR EL ALMIRANTE DON CHRISTOVAL COLÓN E DE MI SEÑORA BEATRIS ENRRIQUES, DIFUNTOS, QUE DIOS AYAN, ANDANTE EN LA CORTE DE SUS MAJESTADES, ESTANTE AL PRESENTE EN LA MUY NOBLE E MUY LEAL ÇISBDAD DE CORDOUA, DE MI PROPIA SUERA, LIBRE, AGRADABLE E ESPONTANEA VOLUNTAD, SYN PREMIA E SYN FUERÇA E SYN TEMOR E SYN OTRO COSTREÑIMIENTO NI YUDUZIAMIENTO ALGUNO QUE ME SEA FECHO... CONOSCO Y OTORGO QUE DONO E DO, EN DONAÇION BUENA Y PYA E SANA E PERFECTA E ACABADA YNRREVOCABLE, FECHA ENTRE BIVOS, DADA E ENTREGADA LUEGO DE MANO A MANO, AGORA Y PARA SYENPRE JAMAS, SYN CONDIÇION ALGUNA A VOS PEDRO DE HARANA, MI PRYMO, HIJO DE PEDRO DE HARANA, MI TYO, HERMANO DE LA DICHA SEÑORA BEATRIS ENRRIQUES, MI MADRE...»

HERNANDO COLÓN

ESCRITURA OTORGADA DE DONACIÓN A PEDRO DE HARANA DE LOS BIENES DE BEATRIZ ENRÍQUEZ DE HARANA, HEREDADOS POR HERNANDO COLÓN EN SANTA MARÍA DE TRASSIERRA.

CÓRDOBA, 17 DE AGOSTO DE 1525

Glosario

Aljama: Término procedente del árabe adoptado por los judíos. Sinagoga en la que se reunían los judíos para orar. Indica también la zona de residencia de la comunidad judía. Sinónimo de judería y cahal.

Auto de fe: Proclamación solemne de las sentencias dictadas por el tribunal del Santo Oficio.

Cartas de marear: Cartas de navegación que describen el mar o una porción de él, determinando las costas y sus accidentes orográficos

Castillos: En las naves antiguas, los palos que se encontraban en el puente superior.

Cathay: Nombre que recibió China en el occidente medieval a partir de Marco Polo.

Cofa: En las naves antiguas, parte alta de los palos mayores que servía como lugar de observación.

Collación: Zona de una ciudad perteneciente a una determinada parroquia.

Culebrina: Pieza ligera de artillería.

Cypango: Nombre que dio Marco Polo a Japón y que utilizó todo Occidente durante la Edad Media. Significa «Reino del Sol Naciente». En su primer viaje, Colón creyó que La Española era Cypango.

Familiar de la Inquisición: Persona que actuaba como delator del Santo Oficio.

Gran Khan: Se refiere a Kublai (Cubali) y sus descendientes, señores de Cathay y conquistadores de Asia.

Gran Tamorlán: Emperador del Mogol y rey de los Tártaros.

Gualdrapa: Faldón protector que se utilizaba en torneos y en desfiles de gran relevancia y que llevaba bordados diferentes escudos.

Libro de estampa: Obras impresas que surgían del ingenio de las imprentas.

Mar Tenebroso: Nombre con el que se conocía el actual Océano Atlántico durante la época de los descubrimientos.

Portulanos: Carta marina utilizada en la Edad Media para orientar en la navegación y que indicaba con precisión los accidentes costeros, que marcaba los puertos y los vientos locales y descuidaba la orografía interior.

Preste Juan: Gobernador de la India y de las regiones extraterritoriales de Asia lindantes con los territorios del Gran Khan.

Secretarios de la Inquisición: Funcionarios de alto rango del Santo Oficio que tomaban declaración a los acusados de herejía y que tenían sobre ellos amplio poder.

Tocar a cubrefuegos: Repicar nocturno de campanas de las Iglesias avisando a los habitantes de una ciudad para que apagasen las velas y las candelas con el fin de evitar incendios en las casas.